弁当屋さんのおもてなし

しあわせ宅配篇

喜多みどり

角川文庫
22294

目次

人物紹介

●久《く》万《ま》雪《ゆき》緒《お》
会社を辞めてすぐに、『くま弁』で配達のアルバイトを始める。

●黒《くろ》川《かわ》茜《あかね》
ミステリアスな美女。
雪緒に『くま弁』を薦める。

●大《おお》上《かみ》祐《ゆう》輔《すけ》(ユウ)
弁当屋『くま弁』の店長。
「魔法の弁当」の作り手。

●大《おお》上《かみ》千《ち》春《はる》
ユウの妻。朗らかで親しみやすい女性。

●雉《きじ》村《むら》妙《たえ》子《こ》
配達弁当のお得意様。少々気難しい性格。

●鷹《たか》森《もり》勝《かつ》敏《とし》
雪緒の元同僚。

●黒《くろ》川《かわ》晃《あきら》
『くま弁』の常連。茜の父親。

イラスト／イナコ

・第一話・ 冬至の夜のりょうおもい南瓜

なんだったんだろうな、と雪緒《ゆきお》は考えていた。

長い夜が雪緒の両肩にどっしりと載っていた。

今年は雪の到来が遅く、降っても昼間の暖かさで溶けてしまう。その日も十二月だというのに、雪はなく、豊水《ほうすい》すすきの駅前へと延びる道は歩道も含めて乾いていた。

アスファルトを踏み、雪緒は駅に向かっていた。

無心に足を動かしながら、考えていた。

なんだったんだろう、今日は。

雪緒の失業を知った弟から会おうと呼び出されて帰りたくもない実家に帰ったが、家にいる間中、親から失業の経緯やら今後の展望やらを直接的にあるいは婉曲《えんきょく》的に根掘り葉掘り聞き出され、心安まる瞬間はなく、食事を出されたものの何を食べたのかろくに味もわからないくらいだった。

呼び出してきた弟は気まずそうにほとんど喋《しゃべ》らないまま、雪緒が帰る間際に漫画の本を紙袋に突っ込んで渡してきた。雪緒が何ヶ月も前に貸していたものだ。

漫画の入った紙袋が重い——こんなことなら車で行けばよかったと思うが、親は雪緒の愛車をあまり好いていない。

もっと新しくて燃費の良い車にすればいいとか、若い女の乗る車じゃないだろうとか。

そもそも祖父が雪緒に遺《のこ》したものだからどうしたって気に入らないのだ。そういった説教やら文句やらを聞き流すのには慣れているが、だからといって自分の好きなものが自分に似合わないという話を延々とされて気分が良いわけもなく、あえて車は自宅の駐車場に置いてきたのだ。

　そして左右の手に漫画の詰まった紙袋を持って、雪緒は肩の痛みに顔をしかめ、また考えてしまう。

　なんだったんだろう、今日は。

　別に慰めてほしいとか励ましてほしいなんて言わないが、せめてもう少し穏やかな会話ができる家なら、半日の滞在がこんなに億劫《おっくう》にならないのに。呼び出した弟の顔を思い出し、それでも彼への怒りが湧いてこないのは、自分が後にしたあの家に、彼がまだ身を置いているからだ。姉のことで親から何か言われていたのだろう弟は、同情したような、申し訳ないような目で雪緒を見ていた。いや、おまえが呼んだんだから少しは喋れよ、とは思ったものの、彼のあの家での立場を思うと口を噤《つぐ》んでいたこともあまり強くは責められない……とはいえとりあえず後で一言文句は送ろう。

　今日得たものといえば胃の痛みと両肩が抜けそうなほどの漫画の山だ。

　漫画に関しては、正直、貸したことどころか所有していたことさえ忘れていた。

　おかしくなってきて、乾いた笑いがこみ上げた。

「ほんと、なんだったんだろう、私の……」

私の――なんと言おうとしていたのかわからなくなって、独り言を打ち切った。

私の、人生？

本格的におかしくなって、ふふ、と鼻から笑いが漏れた。

自分が失ったものを過大に見るのは馬鹿らしかった。

だが実際、生活していくのには金が必要だ。

「あ〜……働かないとな……」

つい口に出していた。タイミング悪く通り過ぎた若者がちょっと変な顔をしていた気がするが、雪緒は他人の目は無視して、意識を事務的な方面に切り替えた。

貯蓄はあまりない。毎月少額ながら実家への仕送りをしていたし、とうに生産を中止したローバーミニは維持と修理に金がかかった。折悪く、もうすぐ車検だ。車検のために貯金に手をつけると生活が立ちゆかなくなる。

自己都合退職のため雇用保険もすぐに給付されるわけではない。給付はまだ約三ヶ月先だ。

だが、一週間の待機期間は過ぎたから、『就労』と見なされない程度の……短時間のアルバイトくらいはできる。まずは生活のために、それを探さなくては。本格的な就職活動はそれからだ。

雪緒はいつもの曲がり角を通り過ぎていることに気付いた。

まあ、別に次の路地を入っても駅にはたどり着けるはずだ。あまり歩いたことのない道だが、札幌《さっぽろ》の中心部は碁盤の目のように道路が走っているから、迷うようなこともないだろう。

その見知らぬ小路には、やけに暖かな明かりが灯《とも》っていた。

光の源は、小さな弁当屋だ。両脇の店舗に挟まれた間口の狭い店で、自動ドア越しに内部の明かりが漏れている。赤い庇《ひさし》テントにはユーモラスな熊のイラストが描かれて、見ていると気が抜ける感じがして、雪緒はつられたように笑ってしまった。

外壁には蔦《つた》が這《は》い、かなりの年月を感じさせる。雪緒自身は馴染《なじ》みのない道で、見知らぬ店のはずだったが、どこか懐かしい気持ちになる。

だが、今はもう二十三時半を回っている。

雪緒はじろじろと店を見て、その自動ドアの前に張り紙がしてあることに気付いた。

『バイト募集』

そういう書き出しで始まったチラシだ。仕事内容は配達、接客、時給は……まあ、これくらいだろう。時間などの条件は悪くない。まかない付きという条件も良い。

「そこ、お薦め」

チラシを見つめていたら突然後ろからそう声をかけられて、雪緒は驚いて振り返った。

街灯の下に、女性が一人立っていた。ほっそりと手足が長く、モデルのようにスタイルが良い。黒髪を背中にかかるほど伸ばし、白いウールのコートから黒いパンツを穿《は》いた両足を覗《のぞ》かせている。

そして、素晴らしく整った顔立ちをしていた。

雪緒より若く見えるが、可愛らしいというよりは綺麗《きれい》という雰囲気だ。無表情に雪緒を見つめているその目は目尻《めじり》がつんとつり上がって大きく、店の明かりを反射して輝いて、とりわけ印象的だった。

声の主は彼女だろう。他に人はいない。

彼女は唇を開いて先ほどと同じ声で言った。

「くま弁」

顔も綺麗なら立ち姿も姿勢よく、声も張りがあってよく通った。あまりに様になっているので、映画の一シーンのようにも思えた。なんてことない、街角でのことなのに。

魅了されたように自分を見つめる雪緒に背を向け、女性は唐突に車道に飛び出した。

雪緒は息を呑《の》んだが、一応車の往来を確認してのことだったらしく、特にクラクションを鳴らされることもなく、彼女は道路を渡って行ってしまった。

なんか危なっかしい人だな、と雪緒は思い、首を捻《ひね》って彼女の残した言葉を考えた。

「お薦め……か」

考えてみれば別に働くのにお薦めだと言われたとは限らない。美味《おい》しいお店ですよというくらいの意味かもしれない。

雪緒はもう一度チラシを見た。詳細は直接店長へお声がけください。お気軽にどうぞ。と書いてある。随分フランクだ。電話番号をメモしようと思ってスマートフォンを取り出したものの、その手が止まる。

くま弁、と彼女は店の名を言っていた。くま弁。確かに赤い庇テントにそう書いてある。くま、くま……雪緒はなんとなく口の中で何度かそう呟《つぶや》き、誘われるように一歩前へ出た。自動ドアが開いたので、息を吸って、声をかけた。

「すみません」

だが、店には誰もいなかった。

客も、店員もいない。店内には客が待つためらしい丸椅子や雑誌が置かれた小さな本棚、販売しているドリンクの冷蔵庫などが置かれ、壁にはメニューや季節商品のチラシが貼られている。見たところ注文を受けてから作るタイプの店らしく、弁当は陳列されていない。

店の奥から何やら話し声が聞こえてきた。

奥には店員がいるらしい。雪緒はカウンターの呼び鈴に気付いたが、用件を考えてそれには触れず、直接店の奥へ向かって声をかけた。カウンターの向こうは厨房《ちゅうぼう》になっていて、その先にさらに部屋があるようだった。

「ごめんください」

すぐに、はーい、という思っていたより若い男性の声が応《こた》えた。

ほとんど間を置かず、奥から声の主が姿を見せた。

それは若い……といっても三十前後くらいに見える男性で、その後ろから同年代か少し年下らしき女性も現れた。二人とも揃いのエプロンとハンチング帽、ボタンダウンシャツという恰好《かっこう》だ。

女性が親しみやすい笑顔で話しかけてきた。

「すみません、実はもう店を閉めるところだったんです。今日の分は売り切れてしまって……でも、よければ何かお作りしましょうか」

「あ、すみません、違うんです。バイト募集の張り紙を拝見しまして……」

「バイト？………あっ」

女性が悲鳴のような声を上げて、自動ドアの方を見やった。

「ごめんなさい、それ今募集取りやめてて……剝《は》がすの忘れてたんです」

「あっ……ああ、そうですか」

あからさまに落胆した声を出さないよう気をつけたが、やはり多少の動揺は声と表情に滲《にじ》んでしまい、男性の方にも申し訳なさそうな顔をさせてしまった。

「申し訳ありません。こちらの手違いで……」

「あっ、いえそんな。お話を伺えればと思っただけなので。私の方こそ夜分に失礼しました」

雪緒が辞去しようとした時、ぐう、きゅるる……という音が響いた。

雪緒の腹が鳴ったのだ。

実家で食事は出されたものの、大皿からほんの少しずつ装《よそ》って食べただけだし、それも何時間も前だ。親の詰問と説教で、ずっと食事どころではなかったのだ。今になって空腹を感じていた。しかも、空腹だと余計に胃が痛い。

雪緒は気まずくなったが、そのまま音などなかったかのように振る舞って店を出ようとした。

「もしよかったら、お弁当いかがですか？　お詫《わ》びにお作りします」

男性はそう申し出た。

雪緒は最初何を言われたかわからずぽかんとして立ち止まり、それから言わんとするところを理解した。ただ貼り紙を剥がし忘れただけのことで、そんなふうに詫びるほどのこともないのに、この男性はそう言うのだ。

お人好《ひとよ》しにしても度が過ぎるのでは、と思う。

「いえ、しかしそこまでしていただくほどのことではありませんので」

雪緒はさすがに断ろうとするが、今度は女性の方が言い添えた。

「もしよければなんですけど……うちのお弁当、美味しいですよ」

そこまで言われると断りづらい。

「これも何かのご縁ですし」

さらに男性からそう言われて、雪緒の胸にもすとんとその言葉が落ちた。

「では……ありがたくいただきます」

二人とも、雪緒の返事を聞いて嬉《うれ》しそうに微笑んでくれた。

はあ～、と雪緒は長いため息を吐いた。

とにかく漫画が重かった。肩が抜けるかと思った。手袋をしていたから跡がつくようなことはなかったが、右手は特に弁当の袋を一緒に持っていたせいもあって指先の感覚が鈍くなっていた。

荷物を自宅の床に置いて、手洗いとうがいを済ませると、ラグの上に座り込み、ちゃぶ台に上半身を投げ出した。ちゃぶ台は実家から持ち込んだもので、処分するならと譲り受けた。小さな傷が無数についた、少しがたつき始めたそれは、元々は祖父母宅で使われていたもので、その後は長く雪緒の実家の物置にあった。

雪緒はくま弁がある豊水すすきの駅から数駅地下鉄に乗った先の、築三十年のマンションに住んでいる。設備も古くてこの前ボイラーが止まったが、南向きと東向きの窓から光が注ぐ角部屋で、広めの１ＬＤＫ、バストイレ別という間取りが気に入っている。ＤＩＹ可という条件も良かった。

ハンギングバスケットにグリーンネックレスやアイビー、ポトス、数種類のエアプランツの鉢を入れて天井から吊《つ》り下げたり、壁に棚を作って好きな雑誌や旅先で買った雑貨をコレクションしたり、そうやって自分の巣をここ五年ほどかけて少しずつ作ってきた。株分けした鉢はどんどん増えて鬱蒼《うっそう》としてきたし、コレクションも増える一方だったが、そういう部屋に入ると自分のテリトリーに戻ってきたことを実感できてほっとした。

気が抜けたせいか先ほどまでより強めに空腹を感じた雪緒は、もらった弁当を早速取り出した。売り切れたと言っていたからあり合わせのものだと思うのだが、十分程度で小さめの弁当を作ってくれた。

発泡スチロールの蓋《ふた》を開けると、中身は白いごはんに漬物、かぼちゃのいとこ煮、ひじき入りの小さな豆腐ハンバーグ、高野豆腐と根菜の煮物、春雨サラダといった組み合わせだ。全体的に少量ずつ入っていて、深夜帯の食事として気を遣ってもらっている感じがして好感が持てる。

「いただきます」

うきうきしてきて、普段一人ならしないのに手を合わせてそう呟いていた。

熊の絵柄入りの箸袋《はしぶくろ》から箸を取り出して割ると、迷いなくかぼちゃのいとこ煮に箸をつける。濃いオレンジ色のかぼちゃは、ふっくら煮た小豆《あずき》が絡んで美味しそうだ。

一口食べて、まずその温《ぬく》もりに口角が上がった。

弁当屋を去った後、駅に向かって地下鉄に乗り自宅に帰った。受け取ってから二十分ほど経っているから勿論《もちろん》熱々ではないのだが、詰める前にわざわざ温めてくれたのだなと思い嬉しくなった。

水分が飛んでほこほことした食感、濃厚な甘さにも驚かされた。味付けは薄めだが小豆と昆布出汁が優しい風味を添えていて、物足りないとは思わない。

そういえば、色々切り詰めた生活を送る中、最近は野菜が不足していた気がする。まさにこういうものが食べたかったのだ、と感じて、雪緒は小豆を多めにまとわりつかせてもう一口かぼちゃを食べた。

それにしても本当に美味《おい》しい。十二月、この真冬にこんなにも美味しいかぼちゃがあるなんて。そう、だってもう十二月も後半、かぼちゃの旬もそろそろ終わり――。

そこではたと雪緒は気付いた。

「冬至！」

壁に貼ったカレンダーを見て日付を確認する。もうすぐ冬至だ。毎年ゆずの皮を風呂《ふろ》に入れてゆず湯気分くらいは味わっていたのだが、今年はすっかり忘れていた。

「冬至か、そうかあ……」

一人呟《つぶや》き、いとこ煮を見下ろす。冬至にはかぼちゃと小豆のいとこ煮、というのは知識としては知っているが、雪緒の実家ではそういった習慣はなかった。むしろ、友人の家でごちそうになったかぼちゃのお汁粉を思い出す。甘く煮た小豆の汁粉にかぼちゃと片栗粉で作られたかぼちゃ団子が入っているもので、団子の素朴さと小豆のねっとりとした甘さが冷えた身体に染み渡った。冬至だからね、と作ってくれたおばさんは言っていて、雪緒は冬は毎日冬至でいいなと思ったものだった。

つらつらと一人で昔を思い出し、おかしくなって笑ってしまった。

強烈に甘かった思い出のかぼちゃ汁粉とはまた違う、かぼちゃと小豆の穏やかな甘さが、雪緒にいろいろなことを思い出させ、意識させる。

暖房の前に陣取ったせいで、背中をじりじりと焦がされるような感覚がある。窓越しに聞こえる、ぱあん、というクラクションの音。まだ冷たい指先。古い部屋の天井とそこから吊り下げたグリーンネックレスの緑色の粒。

暗めの照明が好きだ。明るすぎるオフィスとの違いが大きい方が、穏やかな気持ちになれる。この部屋に帰ってきて、ひっつめていた髪をほどいて、部屋着に着替えて祖母手作りの綿入れを着込むと、自然と肩の力が抜ける。雪緒の安住の地。

……かつてはそうだった。

だが、猪笹《いざさ》美月《みつき》が会社を去ってから、雪緒は家でもどこか、気が抜けなかった。

猪笹は職場のパワハラとセクハラの被害者だ。笑って受け流していた彼女に声をかけたのは雪緒だった。

それなのに、雪緒は彼女を守り切れなかった。

声を上げることでさらなるストレスと圧力にさらされた猪笹は、会社を辞めざるを得なくなった。

雪緒には、自分ばかりが会社に残って、このまま折り合いを付けてやっていくことはできなかった。自分が声をかけなければ、余計なことをしなければ、守ってあげられれば。

猪笹を思うと、助けられなかった後悔が辞めた後悔を塗り潰《つぶ》す。猪笹を退職に追い込んだ同僚と上司への怒りが無職という現状への不安を押し流してしまう。

だから勢いのまま雪緒も会社を辞めた。

だが、会社を辞めたところで自分を許せなかった。

気付くと雪緒は弁当を見つめて箸を止めていた。

弁当は美味しかったが、ただ美味しいという以上のものに思えた。

かぼちゃと小豆の優しい甘さに、身体の力が抜けていく感じがした。もつれていた感情の糸がほどけていくようだ。怒りとか、無力感とか、不安とか。

いいのかな、とふと疑問に思った。楽になってしまっていいのかなと。弁当を食べて、ほっと一息入れて、そんなふうなのは、後輩を守り切れなかったダメな先輩にはふさわしくないのでは？　きつい言動の家族に責め立てられ、食事も喉《のど》を通らない状態の方がふさわしいのでは？　そうあるべきでは？　そう思ったからこそ、弟の誘いに乗って、寄りつかなかった実家に行ってしまったのではないだろうか。

雪緒はのろのろと弁当箱を掴《つか》むと、台所のゴミ箱の前に立った。

足元のペダルを踏んでゴミ箱の蓋を開けて、そこでじっと蓋もしていない弁当を見つめた。目が乾いて勝手に涙が出てきた。美味しい、気遣いに溢《あふ》れた優しい弁当。それを捨てたくはなかった。そんなことはできなかった。

雪緒は弁当をかき抱き、よろめきながらちゃぶ台の前に戻った。

そして、箸を持ち直し、子どもの頃のように無心にいとこ煮を、ひじきと蓮根《れんこん》入りの豆腐ハンバーグを、出汁《だし》が効いている高野豆腐と根菜の煮物を、ぱりぱりとした千切り野菜がたっぷりの春雨サラダを味わった。

「美味しいなあ……」

涙声でそう呟いた。洟《はな》を啜《すす》って涙を拭《ぬぐ》い、温もりを残したもちもちとしたごはんを味わった。

後輩一人守れず、自分はダメな先輩だった。

こんな人間のために、あの弁当屋の人たちはこんなに美味しい弁当を作ってくれた。丁寧な仕事ぶりがうかがえる弁当だ。自分を罰するために、それを捨てようとするなんて、大変な間違いだ。

美味しくて、嬉《うれ》しくて、口元がほころぶ。ふふ、と笑いが漏れた。

ふふ、ふ、と途切れ途切れに笑いがこみ上げる。

こみ上げる涙を拭いながら、ふふ、と笑って、雪緒は弁当を平らげた。

食べ終える頃には、腹は満たされて、肩の力は抜けていた。

萎《しな》びた観葉植物が与えられた水を吸い上げて見違えるほど瑞々《みずみず》しく立ち上がるように、雪緒の身体も食べた弁当に込められたものを吸い上げることができたらしい。

久しぶりに、雪緒は家でひととき穏やかな気持ちになれた。

弁当を食べた翌日、雪緒は再び赤い庇《ひさし》テントの下にいた。

時刻は前夜と同じ時間帯だ。今日もそろそろ閉店の時間だったらしく、前夜にも見かけた小柄な女性が店の前に出て、黒板を回収しようとしていた。

「あの……」

雪緒がそう声をかけると、女性はぱっと振り向いた。

「あ、昨夜の」

彼女は雪緒のことを覚えていたらしく、雪緒の顔を見て愛想良く微笑んだ。

雪緒は丁寧に申し出た。

「こんばんは。久万《くま》と申します。すみません、今お時間よろしいですか？　お礼を申し上げに参りました」

「えっ……」

「昨夜のお弁当です。とても美味しかったので……」

「ああ！　わざわざありがとう。あ、せっかくなので作った人に言ってください。喜ぶので」

作った人というのは昨夜の男性のことだ。店の料理のほとんどは彼が作っているという話だった。雪緒は招かれるままに、自動ドアから店内に入った。

　件《くだん》の男性は、ちょうどカウンターの向こうで厨房《ちゅうぼう》の清掃をしているところで、人が入ってきたことに気付いて身体を起こし、雪緒を見つけて微笑んだ。穏やかな、ホッとする微笑みだった。背は高いが、表情のせいか威圧感はなく親しみやすい。

「あの、久万と申します。昨夜、貼り紙を見てお邪魔した者です……」

　雪緒が最後まで言い終える前に、男性は、にこにこしながら頷《うなず》いていた。

「はい。勿論《もちろん》覚えております。今日はどうされました？」

「お弁当のお礼を申し上げに来ました。とても美味しかったです。ありがとうございました。ごちそうさまです」

「あ、そうなんですか。それはわざわざありがとうございます。いや、こちらこそ本当にすみません。募集、急に取りやめてしまって……」

「いえ、決まってしまったのなら仕方ありませんので、どうかそのことは本当にお気になさらずに……」

　雪緒の言葉に、何故か男性は苦い表情になった。

「その……実は決まったわけではないんです。配達用の車両が壊れてしまって、廃車にしたんです」

「……えっ？」

　思わず聞き返していた。男性は、苦笑いを浮かべて言った。

「以前から昼間にケータリングで使っていた車なんですが、今度個人宅への配達を始めるにあたっても、同じ車を使おうと思っていたんです。でも、さすがにもう長いこと乗っていたので、ずいぶんがたがきてしまっていたみたいで、修理しようにも随分高くなるんです」

「それで廃車に……」

「はい。車が用意でき次第、配達も始めたいとは思っているんですが、中古市場で状態のよいものを探しているところなので、いつになるかはまだはっきりせず……レンタルで繋《つな》ごうかとも思っているところです。この状況ではバイトもいつから始めてもらうことになるのかわからないので、それで一旦《いったん》取りやめにしたんです」

一つの予感——というよりは期待に、雪緒の胸は震えていた。

「つまり……新しい車が用意できれば、配達を始められるんですね？」

「はい、そうなりますね」

雪緒は緊張しながらも、それを申し出た。

「私が自分の車を持ち込めば、配達を始められるということでしょうか？」

「え……」

一瞬きょとんとした表情を見せてから、男性は、あっ、と声を上げた。

「車の持ち込みが可能なんですか？」

「はい！」

雪緒は頷いた。

いつになく、どきどきしていた。

途切れてしまったと思っていた縁が、また繋がろうとしているのを感じていた。

男性は店長で厨房担当、大上《おおかみ》祐輔《ゆうすけ》と名乗った。女性は大上千《ち》春《はる》、経理担当だという。二人は数年前に結婚したが、妻の千春は元々客だったそうだ。以来、二人で店を切り盛りしている。

千春は祐輔をユウさんと呼んでいる。常連は皆ユウ君と呼ぶそうだ。二人とも大上でややこしいから名前で呼んでくれていいと言われて、雪緒は恐縮した。

奥の休憩室だという和室に通されて、雪緒はちゃぶ台を前にして正座していた。

千春はちゃぶ台の上に書類を置いて説明してくれた。

「条件はこの通りで……あ、でも就業時間に制限あるって言ってたっけ」

「はい、一週間でいうと合計が……」

「なるほど、それならシフトはこんな感じで……」

雪緒の話を聞きながら、千春は手書きで書類の数字を訂正したり、書き足したりしていく。

「というわけで、配達は夕方の十七時から夜の二十時まで、週六日でどうかな。これなら時間内かな？」

「そうですね、大丈夫だと思います」

雪緒もハローワークの窓口の職員から説明されたことを思いだしながら頷いた。

「で、当初は時給はこれだけだったんだけど、車両の持ち込みをしてもらえるということだったんで、そこはもう少し……これくらいかな、ユウさん」

「あ、うん、いいと思うよ」

千春の書いた数字を覗《のぞ》き込んで、ユウは頷いた。

お礼に来ただけなのに、あっという間に話が決まっていく。雪緒は我がことながらその事態の急転に驚き、まだ興奮していた。

だがふと、自分の側になんの用意もないことに気付いた。

「あの、私今日本当にお礼だけのつもりでしたので、履歴書とか何も用意がありません」

いや、それを言うなら『詳細は直接店長へ』という貼り紙の言葉に誘われて訪ねた昨日も、履歴書の用意はなかったのだが。

すでにざっと前職と経験の有無については聞いていたユウと千春は顔を見合わせて頷き合った。

「じゃあ、それは追々で」

ユウがそう言うと、千春も同意した。

「そう、追々で。あ、ところでいつから出られますか？　あと、そう、車種だけど、どういうもの？」

「明日《あした》から出られます。車はローバーミニです」

「ミニってBMWの？　可愛いよね、あれ」

「あ、いえ、もっと古い方の……クラシックな方です」

「古いというと何年くらいの製造？」

　年式を言うと相手を不安にさせるのではないだろうか……と思いつつ雪緒は答えた。

「97年です……」

　千春の反応は好意的だった。

「へえ、大事に乗ってるんだねえ。あ、お弁当載せられる場所は？　容器はこれくらいの大きさで、個数は多くても十折とか……いや、そんなないか……」

　ミニはコンパクトな車体だが、一人で乗る分には後部座席の上に置けるし、トランクに収納することもできる。

　大丈夫です、と雪緒は頷《うなず》いた。

「じゃあ、ええと、久万さん……すみません、下のお名前はなんていうんですか？」

「久万雪緒です。雪に鼻緒の緒です」

「素敵なお名前ですね」

　良いことを聞いた、というような顔で千春は微笑んだ。

「じゃあ、明日から来てもらえるかな？　明日は色々打ち合わせというか、説明があるので、一時間くらい早く来られる？　その分早く帰ってもらえば、時間は大丈夫だよね」

「はい」

久々に前向きな気持ちで、雪緒の胸はドキドキと高鳴っていた。

新しい仕事だ。勿論、『就労』に当たると雇用保険の支給対象外になってしまうから、ハローワークで教えてもらった制限時間内、あくまで雇用保険が支給されるまでの生活費の助けとするつなぎの仕事だ。

だが、この偶然の巡り合わせに雪緒は感じ入っていた。

車を廃車にしてしまったユウと千春、愛車のためにも早く収入が欲しい雪緒、互いの求めるものと持っているものがぴったり一致したのだ。偶然ではあるが、自分が、自分だからこそ役に立てるかもしれない。そう思うと、少しだけ勇気づけられた。

話はまとまり、明日また店に行くことも決まった。いくつか持っていかなければならない書類があるから忘れないようにしなければ。雪緒は考えながら自動ドアから外に出て、そこでまた、あの女性を見た。

雪緒にこのくま弁を紹介した、若い女性だ。

彼女は車道を挟んだ向かいのコンビニの前で、そっとこちらを窺《うかが》うように立っていた。

だが、すぐに彼女は歩き出し、道をずんずん行って、交差点を曲がって見えなくなってしまった。長い黒髪が車のヘッドライトに照らされて、月光に照らされる絹糸のように輝いていた。

思わず見とれてしまってから、そういえば、彼女はいったいどうして今日も昨日もこの店の前にいたのだろうと考えた。今日は車道を挟んでいるが、まあ、どちらにせよ店を見ていた。何故、彼女は店を見るばかりだったのだろう。何故、雪緒にこの店をお勧めしてくれたのだろう。

　こちらを見ていた彼女はほとんど表情らしいものを浮かべていなかったが、どこかもの悲しいような雰囲気もあって、雪緒の心に棘《とげ》のような引っかかりを残した。

「魔法の弁当……」

　弟からの返信をスマートフォンで読み、雪緒はそう口に出していた。

　帰宅した雪緒は、早速実家にいる弟に当面のバイト先が決まったので、生活費は大丈夫だと思う、という内容のメッセージを送った。短時間のバイトなのでこれだけで生活できるわけではないが、貯金を少しずつ取り崩しながらでも、雇用保険の給付までは保つだろう。

　返信に気付いたのは翌朝だった。基本的に、弟はあまり即座に返信してくれるタイプではないので、夜中の返信でも早いくらいだ。

　そこには、雪緒のバイトが決まったことを祝う言葉とともに、くま弁についての新たな情報も載っていた。いわく、くま弁は有名店で、弟が好きなアイドルもこの店の『魔法の弁当』のファンらしい。

　ただ、そもそも魔法の弁当が何かということについては書いていない。尋ねてみようかと思ったが、どうせ今訊《き》いても弟から返信があるのは夕方以降になるだろう。その頃にはくま弁で働いているのだから、千春に訊けば謎はすぐに解けるはずだ。

　雪緒はそう考え、被《かぶ》っていた布団から思い切って外へ出て、まだ温《ぬく》もりの残るそれへの未練を断ち切るためにも、ベッドを綺《き》麗《れい》に整えた。

　昼間は勉強と車の手入れに充て、指定された十六時頃、雪緒はくま弁に向かった。

　半開きのシャッターを潜って自動ドアから中に入ると、開店準備のためユウと千春が忙しそうに働いていた。千春は雪緒に気付くとすぐに抱えていた下ごしらえ済みの野菜の山をユウに渡し、カウンターのこちら側へ出てきた。

「こんにちは、お世話になります。よろしくお願いします」

「こんにちは！　こちらこそよろしくお願いします」

　千春とかわす挨拶《あいさつ》は心地よい。

「車で来ましたが、どこに駐車したらいいですか？」

「あ、そっか、今店の前？　裏の駐車場に回すようにしてね。裏口あるので、そこから入ってきてもらえれば早いので」

「わかりました」

　雪緒はすぐに言われた通りに車を裏手に回して駐車し、しっかり雪囲いされた庭を眺めつつ、裏口のドアを開けた。

洗面所が左手にあって、トイレのドアが右手、そして廊下が正面に延びている。すでに千春が洗面所で待っていて、廊下を通って休憩室まで案内してくれた。

一時的に制服の代替にするから黒いズボンを用意して欲しいと言われていた。シャツは千春と同じものでサイズ違いがすでに店にあったので、それを渡された。

「前にサイズ間違えて注文しちゃって、そのまま交換し忘れていたやつがあって。いやあ、今回役に立ってよかった」

千春は笑いながらそう言った。照れ隠しの笑いなのだろうが、さっぱりしていて、親しみやすい雰囲気の女性だった。いや、雪緒が緊張しないよう、気を配ってそういうふうに接してくれているのかもしれない。

そして、千春が免許証を確認し、雪緒が制服に着替え終えると、早速配達についての説明が始まった。

配達は基本的には個人宅向けが多くなる予定であることや、弁当を受け取ってから配達するまでの一通りの仕事の流れを教えてもらう。

さらに地図を渡され、配達可能範囲の説明を受け、一方通行などの注意事項を説明される。

一旦《いったん》駐車場に向かい、雪緒の車にナビがあるかを確認し、車検証、車内の清掃状況、整備状況をチェック。保温・保冷のバッグに入れるとはいえ、食品を運ぶため、衛生面でのチェックは特に厳しかった。

「じゃ、こっちはこれくらいで。店に戻って、商品の説明をしますね」

「はい、お願いします」

千春は雪緒より頭一つ分くらい小さかった。ふと千春は雪緒を見上げて、雪緒さんは声がよく通りますねと感心した様子で言った。褒めていくタイプの人なのかなと思ったが、普通に感心している様子にも見えたので、ただ思ったことを言っただけだったのかもしれない。

建物の中に戻ると、千春は休憩室には戻らず、そのまま奥の扉を開けて、店に出た。時計はもう十六時二十分を回っている。厨房《ちゅうぼう》ではユウがコンロとフライヤーとシンクの間を忙しそうに行き来し、次々と料理を完成させていく。千春はメニューを雪緒に渡した。パソコンで作成したもので、写真入りでわかりやすい。

「今日のメニューです。うちは日替わりも多いんだけど、基本的にここから下のは定番で、だいたい常にあるメニュー。上のは日替わりか、週替わりか、季節商品」

見ると、雪緒が食べてその味に惚《ほ》れ込んでしまったかぼちゃのいとこ煮が、今日の弁当の副菜としていくつかの弁当の写真に写っている。

「これ、美味《おい》しかったです。いえ、勿論《もちろん》どれも美味しかったんですが、特に、こう……」

自分が必要としていたのはまさにこれだった、この味が、この栄養が自分の中に染みこんで滋養になるのを感じたのだというようなことを言いたかったが、あまりに大げさに過ぎるように思われた。別に雇い主だからと持ち上げたいわけではないのだが、そうとられかねないのではとも思い、雪緒はもう少し、無難な方向に話を振った。

「こんな美味しいかぼちゃがあったんだって、驚きました」

「ああ、りょうおもいっていうブランドなんです」

厨房からユウが顔を出して言った。

「冬でも美味しく食べられるように、まさに今が旬になるように作られたかぼちゃなんですよ。勿論、本来かぼちゃは保存が利くのでこの時期にも食べられますし、何よりそのために冬の栄養として尊ばれたのだと思うんですが、それでも冬至を過ぎると、国産のかぼちゃは旬も終わりという感じなんです」

「そうですか。私、あまりブランドとか品種とか意識したことなくて……」

率直に言うとスーパーで食材を買う時も産地やブランドより値段重視だ。その名前に見覚えがあるような気もするが、おそらくもっと安いものが他にあったため購入しなかったのだろう。

「生産者は冬に美味しいかぼちゃを食べてほしいと願っていて、消費者は冬に美味しいかぼちゃを食べたいと願っている。この双方の『片思い』が実って……というところからりょうおもいという名前が付けられたのだそうです。僕たちも、そうありたいものですね。僕たちのお弁当が、お客様に、きちんと届くといいなと思うんです」

届くという言葉に、雪緒の心のどこかが反応した。

それが、自分の仕事になるのだ。

ユウはさらに色々と説明してくれた。

「北海道では冬至にかぼちゃ入りのお汁粉を食べる家庭もあるそうなので、やや甘めに、しかしせっかくの美味しいかぼちゃなので、素材の味を活《い》かすよう味付けしました」

「食べたことあります、かぼちゃ団子入りのお汁粉」

「僕も今年は食べたんですよ。美味しいですよね、かぼちゃ汁粉。季節のものを大事にしたいというのはずっと考えていて、というのは、お忙しいお客様の中にはうちのお弁当で季節を感じたり、冬至だなと思い出していただけたりする方もいらっしゃるので。たとえば子どもの頃に食べたものをふと思い出してほっとするということ、あると思いますし、そういう昔から食べられている……」

熱心に話していたユウは、ハッと我に返って壁時計を確認した。

「あっ……すみません、あとは千春さんから聞いてもらえますか？」

「ユウさん、ユウさんがいきなり口挟んで来たんですよ」

「うう、そうだね……」

呆《あき》れ顔の千春だったが、すぐに笑って雪緒に向き直った。

「あ、そうそう、メニューの話だけど、雪緒さんには基本的に配達をお願いしてますが、手が空いている時はお店で接客もお願いしたいんです。といってもそんなに難しいことはなくて……ん、何かある？」

　千春は雪緒の様子に気付いて声をかけてくれた。雪緒は、メニューをじっと見つめていた。

「あの、魔法の弁当というのがあると聞いたんですが、メニューにはないようだったので」

「ああ！　魔法の弁当っていうお弁当があるわけではなくて……注文に応じたお弁当もお作りしているので、それがご希望に添えたみたいで、うちのことを魔法の弁当屋さんと紹介してくれたお客様がいたの。それ以来、注文弁当のことを、願いが叶《かな》う、魔法のお弁当だって紹介されることがあって」

「そうなんですか。願いが叶う……ですか」

「ええ。お客様のお心に寄り添うようなお弁当作りができればとは思ってるんだけど」

　なるほど、千春とユウの様子を短時間ながら観察して、雪緒もこの店主夫婦は本当に心からそう思っているのだろうと感じた。穏やかな、気安い雰囲気があって、それでいて馴《な》れ馴れしいわけではない。雪緒に作ってくれた弁当も、味は勿論、深夜帯という時間ゆえか脂っこいものは避け、旬を取り入れてくれている。自分が心動かされたように、その紹介者も感動したのだろう。だから、魔法の弁当屋さんと表現した。大げさだろうとは思うが、その気持ちはわかる気がした。

　でも——そう、いつか、雪緒も注文してみたいものだと思った。願いが、見つかったら。験担ぎとしては、それは申し分ないもののように思えた。

そして、雪緒も今日からはここで働くのだ。巡り合わせた縁を感じてはいたが、新卒から五年勤めた会社を辞めた時と同様、半分くらいは勢いで決めたようなものだ。だが、今回は、ここ最近の自分の中ではかなり良い決断ができたのではないかと思う。とにかく、雇用保険支給までの約三ヶ月は、ここで働かせてもらおう。ユウと千春の夫婦も、雪緒が三ヶ月限定のバイトだというのはわかっているから、それまでに中古市場で良い車両を見つけると言っていた。

自分にとっても、彼らにとっても、良い三ヶ月になって欲しいものだ。

千春の説明を一通り聞き終わる頃には、店の前にはぼちぼち人が並び始めていた。お勧めメニューを書いた黒板を持って外に出る千春の後をついて、雪緒も少し緊張しながら店の外に出た。

常連らしい客たちが数名、千春に朗らかに話しかけてきた。

「やあ、冷えるね」

「こんばんは、千春さん。今日お魚何ありますか？」

「千春さん、元気？　俺この前まで風邪引いててさ、やっと久しぶりに来られたよ」

千春は親しみやすい笑みを浮かべて会話に応じながら、客の注文を受けてメモをしたり、質問されて説明したりした。雪緒はその近くで一緒に説明を聞き、内心で感心していた。何しろ、産地や旬について質問されても、すぐに答えを返せる。厨房担当はユウだというが、千春もきちんと仕入れ先などを把握しているらしい。

色々説明を聞いているうちに、自分が食べた弁当が特別なものだったという感じがしてくるから不思議なものだ。旬、調理法、いろいろなことを考えて、献立を決めて、作ってくれていたのだ。だからこそ、くま弁の弁当は普通の食事でありながら、同時にそれが大切なものだと思えるのだろう。

自分がそれに心動かされたように、それはきっと他の誰かの心も動かしている。

その仕組みに自分も関わっていくのだと思うと、人と繋《つな》がっているという、微《かす》かな望みのようなものを感じ取れた気がした。

強い風がビルの間を吹き抜けた。雪緒も千春も制服の上にダウンを着て外に出ていたが、むき出しの首筋が冷えた。

その時ふと気付いた。

店に来た客はこうして千春やユウから説明してもらえるが、配達の場合、そうはいかない。客は今日の米がどこ産なのかとか、今はどんな魚が旬なのかとか、冬至のかぼちゃ料理のことだとかを知ることはできないのだ。

雪緒が説明しない限りは。

はあっ、と雪緒は息を吐いた。水の粒になって白く見える吐息が、頰の周りを漂った。

責任重大だ。

最近あまりないようなやる気が腹の底から湧いてくる。そういえば、弁当を食べてから、雪緒はなんだか少し元気になった。会社でのごたごたを経て、最近は随分思考が後ろ向きというか、立ち止まっているような感覚に陥っていたのだが。

　これもくま弁の弁当のおかげなのか、いや、ユウと千春という人たちとの出会いのおかげか。ちょっとしたことで、自分は案外元気になれるのかもしれない。

　ならば、やはり恩はこの仕事で返したい。

　さて、それでは具体的にどういうことをすればよいだろう？

　まず、千春やユウから教えてもらって、弁当のことを知るのは大前提だ。何か客に訊《き》かれた時に答えられるようにしておくのだ。

　だが、配達先の玄関で長々と説明するわけにもいかない。話好きな客ばかりとは限らないし、配達を頼むくらいだから忙しい人だって多いだろう。手短に、しかし正確に情報を伝えるにはどうすべきか。

　何か手はないだろうか。

　考えを巡らせながら、雪緒は腹の底に、ぽつりと何か、暖かな火が灯《とも》ったかのように感じていた。


　正直、どう伝えるべきかというのは、まだ具体的な形になっていなかった。

　だが、注文は雪緒の準備を待ってはくれなかった。

「お待たせいたしました、くま弁です。お弁当のお届けに上がりました」

　マンションのエントランスの前で言ったのと同じ言葉を、ドア脇のインターホンを押してもう一度繰り返した。

雪緒は最初の配達の仕事で、くま弁からほど近い、マンションの一室を訪れていた。初日である今日は、開店後しばらく店を手伝っていたが、一件だけ予約が入っているからと十八時頃に弁当を受け取り、このマンションに向かうよう言われた。十階建てのマンションの九階の一室だ。廊下はひんやりとして静かだった。

少し経って、ドアが開いた。声と名前から女性なのはわかっていたが、出てきた相手を見て、雪緒は驚きのあまり変な声が出そうになった。

長い黒髪の、細身の美しい女性。

それは、くま弁を雪緒に薦めてくれた、あの女性だった。

彼女は絶句している雪緒を見て、わずかに眉《まゆ》を顰《ひそ》めたが、それだけだった。

雪緒はどこから話したものかと思いつつ、持ってきた袋を反射的に差し出した。

「おっ、お待たせいたしました、くま弁です。冬至弁当お一つと惣菜《そうざい》セット大お一つお届けに上がりました。配達料金含めまして千六百五十円になります」

「はい、あ、ちょっと待っててください」

「あの！」

室内に戻ろうとする女性に、雪緒は声をかけた。女性は振り返り、どこか冷淡な目で雪緒を一瞥《いちべつ》した。

「あの……以前、くま弁をお薦めしてくれましたよね。その節はありがとうございました」

　女性は怪訝《けげん》な顔をした。冷淡さはさっと引っ込んで、戸惑い、それから思い出したらしく、目を見開いた。

「あ……ああ、あの人。お店の前にいた……」

「そうです。おかげさまで今こちらで働いています」

「はあ……」

　明らかに戸惑った目で雪緒を見つめ、彼女は控えめに疑問を呟《つぶや》いた。

「あの……おかげさまと言われても、私、お店のお弁当が美味《おい》しいということを言いたかっただけで……あまり関係ないような気がするんだけど……」

　当然の疑問だろう。雪緒は考えをまとめてから説明を始めた。

「実は、元々失業中で、しかも雇用保険を受け取れるのもまだ先のことだったので、バイトを探していたんです。そこで、たまたまくま弁を見つけて、お客様にも声をかけられて……あっ、実は私、久万雪緒といいまして」

「くま」

「そう、くま弁と同じ音なんです。偶然だな～と感心しまして。結局、お客様のお薦めがきっかけになったんです」

　あんまり長々と話すのも迷惑だろうと思い、後半は早口になった。できるだけ短くまとめたかったが、うまくいかなかった気がする。雪緒はそんなに話すのがうまい方ではない。こんな自分の話をするくらいなら、お弁当の話をすべきだったのでは？　という後悔が押し寄せてくる。

だが、女性はふと目を伏せて微笑んだ。

「それなら、よかった」

それまで淡々とした雰囲気だった彼女の顔に、優しい微笑みが浮かんで、雪緒はハッとした。美しい顔は途端に息づいて、華やかに輝いて見えた。綺麗《きれい》な人だとは思っていたが、表情一つでこんなにも魅力的に見えるとは。

「私も、ここのお弁当、すごく好きだから……よい出会いになったみたいで嬉《うれ》しい」

女性のその言葉には本心を語る率直な響きがあった。

勿論《もちろん》、弁当が好きだから通りすがりの雪緒にも薦めたのだろう。

だが、何故彼女は店に入らなかったのだろう。

「あの時は、どうして、お店の前にいらしたんですか？　ご用件とか、何かありましたら私が承りますよ」

「用……いえ」

しばらくただ言葉を切り、女性は沈黙していた。失礼なことを訊いたように感じ始めたが、雪緒も黙っていた。相手が話そうとしているようにも見えたのだ。

「お店に迷惑がかかるから、中には入らない方がいいと思って」

「えっ、迷惑？　そんなこと、ないと思いますが……実際、お客様と初めて私が会った夜、もう品切れで閉店するところだったんですが、それでも何かお作りしましょうかって声かけてもらいました」

「そりゃ、あの人たちがそういう人たちなのはわかってるけど……」

ぽつりと呟いて、女性はうつむき、小声で語った。

「魔法の弁当って知ってる？」

「はい。話だけですけど、注文弁当のことみたいですね」

「それ、私が言い出したの」

「えっ……あ、そうなんですか」

そういえば、お客様がそう紹介してくれた……というような話を、千春がしていた。

この女性が、その『お客様』だったのか。

雪緒は思わずまじまじと彼女を見つめた。美しいが、かなり若そうにも見える。二十歳くらいだろうか？　どういう手段で紹介して、広めたのだろう。やはり、ウェブ媒体だろうか。綺麗だし、いわゆる人気ブロガーとか、ユーチューバーとか、ＳＮＳのインフルエンサーとかいう人なのかもしれない。そういえば見たことがあるような気もしてきたが、あまりそういう方面は詳しくないので具体的には思い出せなかった。

「それで……後から知ったんだけど、お客さんが一気に増えて、大変だったって……中には、魔法の弁当を作れって言って、無理難題ふっかけてくるようなのもいたみたいで……私は、ユウさんたちに迷惑をかけたの」

鋭く短いため息を吐いて、女性は顔を上げた。

「私が嬉しかったのは、ユウさんが私の心に寄り添ってお弁当を作ってくれたということなのに、魔法の弁当っていう言葉が一人歩きしちゃった。私は、私の願いが叶《かな》ったって言いたかっただけなのに、誰の願いでも叶える、みたいなキャッチフレーズになってしまって。それが、申し訳なくて」

そういうことは、いかにもありそうに思えたし、意図していない形で言葉だけが一人歩きしてしまい、困惑する彼女の気持ちもわかった。

「わかる気がします。私も、くま弁のお弁当は、普通のものであっても、十分魔法のように特別だと感じます。お客様のことを考えて作られているところが……でも、いつか、注文弁当をお願いして、作ってもらいたいという気持ちもあります。いつか、願いが見つかったら……それは勿論、私の願いを叶えろって無理難題をふっかけたいという意味ではなくて、験担ぎ、くらいの意味合いですけど……」

「願いが見つかったら……」

「今は、特になくて」

女性は不思議そうな顔でそれを聞き、ぽつりと漏らした。

「私も、願いなんてわからなくなっちゃった」

それを聞いて雪緒はハッとした。

自分と同じだ。

やりたかった仕事、親からの自立……目指すものがあった頃はひたすらに走るだけだった。今は焦燥感に突き動かされて仕事を探したり勉強をしたりするが、時折襲ってくる無力感に打ちのめされて蹲《うずくま》る、そんなことの繰り返しで、それを願いとは言いにくかった。

「お財布取ってくるから待ってて」

女性はそう言い、部屋に戻って行く。

雪緒より年下だろう彼女も、かつての願いを叶えたか、失ったかしたのだろうか。まだまだ長い人生、自分の願いを見つけられる時はいずれ来るだろうが、今はまだ願いを――あるいは、自分自身を見失っている状態なのかもしれない。

願いを失ったという喪失感、不安定な、微妙な生きにくさを、彼女もまた抱いているのだろうか。

そこまで考えて思い出したが、愛想の良いユウが、この弁当の説明をしている間は、眉根《まゆね》を寄せて、少し困ったような顔をしていた。彼も、千春も、この女性客のことを思い悩んでいるのかもしれない。店に来ないが配達弁当を注文してくれた彼女のために、ユウはどういう説明をしたかったのだろう。

その時、ユウのしてくれた説明が頭を過《よ》ぎった。

『生産者は冬に美味しいかぼちゃを食べてほしいと願っていて、消費者は冬に美味しいかぼちゃを食べたいと願っている。この双方の『片思い』が実って……というところからりょうおもいという名前が付けられたのだそうです。僕たちも、そうありたいものですね。僕たちのお弁当が、お客様に、きちんと届くといいなと思うんです』

そうだ。届けるのが、自分の仕事だ。くま弁の想いを、お客の下まで。

最初に聞いた時、心の何かが反応するのを感じた。思い出した今も、どきっとして胸元を押さえた。その手が乾いた感触のものに当たった。ボタンダウンシャツの胸ポケットに、メモ帳を入れていたのを思い出した。コートの下で、それがかさりと音を立てたのだ。ペンの感触もある。

その時になって、やっと思いついた。

話すのがうまくないなら、お客を待たせたくないのなら、書けばよいのだ。

雪緒は急いでシャツの胸ポケットからペンとメモ帳を取り出した。メモ帳は列に並ぶ客の注文を書き付けるためのものだった。

雪緒はそれにできるだけ丁寧に素早く、ペンを走らせた。毛筆も硬筆も昔に習っていたが、何しろ昔のことだったので、意識して綺麗に書こうとしても全然うまく書けなかった。内心で頭を抱えてしまったが、それでも少なくとも読める、と考えて書き直しを堪《こら》えた。

そこへ、女性が財布を手に戻ってきた。

「ごめんなさい、遅くなって」

「いえ、大丈夫です。あの、これをもらっていただけませんか？」

「え」

雪緒は弁当と一緒に、手書きのメモを差し出した。

「これは？」

「お品書きです」

「ああ……」

納得したような、していないようなという顔で、特に嫌がらず女性はメモを受け取った。開いて、彼女は読み上げる。

「冬至弁当……冬野菜と若鶏《わかどり》のゆずあんかけ、かぼちゃのいとこ煮、たらことつきこんにゃくの煮物、ほうれん草の白和《しらあ》え、ごはん……」

使われた素材もユウと千春の説明を聞いて覚えていたものをできるだけ書いた。産地、旬、冬至にそれを食べる意味。店で買う時は聞くことができる情報だ。

配達では、雪緒が伝えるしかない情報。

そして、女性の目が最後の行をゆっくりとなぞる。

「…………」

女性は読み上げはしなかった。

ただ、何度かそこを繰り返し目でなぞったのはわかった。

　それから、彼女は目を上げないまま囁《ささや》くような声で呟《つぶや》いた。

「……どうして、こういうこと書いてくれたの？」

「えっ、あの……」

　まさか目の前で読まれた上に問いただされるとは思っていなかった雪緒は、しどろもどろになった。

「説明を……」

　言いかけて、雪緒は考え直した。この客が訊《き》きたかったのは、たぶん、雪緒がお品書きに添えた言葉の方だ。

「あの……勝手に、共感、したんです。私は今、ちょっと人生の谷間……？　みたいなところにいて、それまで考えていた計画が狂ったり、自分を頼ってくれた人を助けられなかったり……色々あって。お客様も、色々思い通りにいかないことがあったのかな、願いを……見失ったりしたのかなと、勝手に想像して、勝手に共感したんです……すみません」

　短時間で伝わりやすくするためにお品書きにしたはずなのに、余計な言葉を添えてしまったせいで、こうして長々と説明するはめになってしまった。雪緒は早速自分の行いを後悔し始めていた。

　だが、女性客は目を上げて雪緒をじっと見つめて言った。

「私のこと、知らないの？」

「えっ？」

反射的に聞き返してしまった。女性客の名前を知っている。くま弁の前に二度いたことを知っている。

だが、それ以上の何を知り得るというのだろうか。

驚いて、焦った様子の雪緒を見て、女性は何故か納得したように独りごちた。

「そう、知らないんだ……」

「？　あっ、そっか、宣伝したっていうから、有名な人なんでしょうか？　すみません、私全然そういうの知らなくて。動画とか見なくて……」

「…………また、配達頼める？」

女性が何故そう言ったのか、雪緒には理解できなかった。

「あなただから、頼みたい」

「あ……あの、何故でしょうか……」

「私を知らないから」

「？　すみません、失礼をしてしまったんでしょうか……」

「知ってたら、こんなこと書けないわよ」

こんなこと、というのはお品書きのことだろうか。何がいけなかったのかと雪緒はめまぐるしく考える。

だが、女性は笑っていた。

おかしそうに笑う彼女は、最初に見た時より、随分子どもっぽく見えた。それこそ、高校生くらいに。

「とにかく、次もまたお願いね」

その笑顔にふっと心が軽くなった気がした。少なくとも、彼女は腹を立ててはいない。機嫌良く、笑っているのだから。

たったそれだけのことで、心が浮き立ってしまった。

自分は後輩一人守り切れなかったダメな人間だ。そう思ってひたすら海の底に沈むように後悔と無力感に溺《おぼ》れていたところにこんな言葉をかけられ、笑顔を向けられたら、誰だって嬉《うれ》しいだろう。

自分は、役に立ったのだ。

「……ありがとうございます。またのご注文をお待ちしております」

ほとんどマニュアル通りの言葉になってしまったが、それでもなんとか絞り出した。頭を深く下げて、しばらく上げなかった。顔を上げられなかった。

やっと上げたら、こちらをじっと見ていた女性と目が合った。

彼女は目が合うと、機嫌良さそうにまた笑った。

店に戻ると、ちょっと休んでいていいよと言われた。昨日の今日なので配達の開始はきちんと周知されていなかったらしく、今日はあまり注文はなさそうだった。

こういう時は店を手伝った方が良いのでは、とも思ったが、今は大して混んでいないからいいと言われて、雪緒は休憩室に押し込まれた。

だが、座布団の上に腰を下ろすと、自然とため息が出た。

やはり、初めての仕事に少し緊張していたらしい。

一時間早く店に来たので、今日は一時間早く帰ることができる予定だ。それまでにもう何件か注文が入るだろうか。

休憩室では、誰かが見ていたのか、テレビが付けっぱなしになっていた。雪緒はそれを消そうとリモコンを探した。やっと見つけて、スイッチを押そうとした時、芸能ニュースが流れ始めた。

それは、あるアイドルの休養についてのニュースだった。その休養の裏には事務所とのトラブルがあったのではないかという内容で、概《おおむ》ねその女性アイドル側に非があるという話だった。そのニュース自体は最近割と話題だったので雪緒も知っていたが、若いアイドルをわがままだの金銭問題があっただの好き勝手に批判するような内容で、見ていて嫌な気分になった。大手事務所だから、事務所側を悪くは言えないのだろうが、内容があまりに一方的だった。

嫌になって、雪緒はリモコンで電源を落とそうとした。

だが、その時画面にアイドルの顔が映し出され、その顔をまじまじと見つめて、雪緒はとんでもないことに気付いた。

白鳥《しらとり》あまね。

北海道の人気ローカルアイドルで、全国区に進出した後には女優としても活躍していた、白鳥あまねだ。その顔が、ついさっき弁当を配達した女性客と、完全に重なる。それなのにまったくあの時は気付かなかった。完全に意識から抜け落ちていた。まさか白鳥あまねがこんなところにいるはずがないと、勝手に思い込んでいた。

「あ……あああ、そういうことか」

雪緒は思わず口にしていたが、彼女が白鳥あまねだとすると、迷惑がかかるという言葉の意味も理解できた。事務所トラブルでただでさえ話題の彼女が頻繁に出入りしたら、あの店にも記者がやってきて何か聞き出そうとするかもしれない。客が気付いて騒ぎになるかもしれない。そういうトラブルを恐れて、入ろうとしなかったのだ。

「そっか、だからデリバリーだったんだ……」

色々納得はできた。

そして、別れ際の彼女の言葉が意味するところも理解できた気がした。

彼女は、雪緒が勝手に共感して、書き添えた言葉を読んで、雪緒が自分を知らないことを確信したのだ。確かに、知っていたらお品書きに簡単に書き添えて励まそうなんて気持ちにはなれなかっただろう。それだけの大変な状況に今白鳥あまねは置かれているのだ。

「ああ……だっ、だめだ、なんかすごいダメなことをしてしまった気がする……」

呻《うめ》きながら雪緒は頭を抱えた。マスメディアから袋だたきに遭っているアイドルに、気軽に共感して気軽に励ましの言葉を贈ってしまったのだ。いやいや、待て、それでも彼女は雪緒だからこそまた頼むと言ってくれた——何故かはわからないが、彼女は雪緒の勝手な気遣いを受け入れてくれたのだ。

受け止めて、くれたのだ。

何故？

あるいは、その『勝手な気遣い』こそが、白鳥あまねの求めていたものだったのだろうか？

雪緒は混乱し、移り変わっていくＣＭを呆然《ぼうぜん》と見つめていた。

白鳥あまね、本名黒川茜《くろかわあかね》。

茜は惣菜《そうざい》パックから惣菜を小分けして冷凍した。作りたてを食べられる店なのだからあまりよいやり方ではないのだが、弁当一つから配達を頼むのも心苦しく、こうして多めに頼んで翌日のおかずにすることにした。

それが終わると、茜は弁当とお品書きを抱えてローテーブルの前に座った。

そして、弁当を食べては、そこに添えられたお品書きを繰り返し読んだ。

特に、その最後に書かれた言葉を。

『願いが見つかるように、一緒に頑張りましょう』

茜の願いは女優になることだった。

それは果たされた。

だが、茜はそれを失った。

次の願いは、見えて来ない。

『りょうおもいかぼちゃは冬に美味《おい》しいかぼちゃです。他と旬がずれていることで、冬でも美味しいかぼちゃを食べられます。晩成タイプですね！』

明るい言葉。

もう女優としてアイドルとして自分は終わったのだろうと思っていた。事務所を敵に回して何の後ろ盾もない自分のちっぽけさにやっと気付いた。やった覚えのない悪行が次から次へと出てきて、週刊誌で書かれて、仕事を干されて、休養せざるを得なくなった。知り合いからはたくさん励まされもしたが、今はただただ休みたくて、遠くに行きたくて、北海道まで逃げ帰ってきたのだ。

終わったと思っていた。

だが、他と旬が違うかぼちゃがあるように、晩成タイプの人間だっている。

自分の人生が十八で終わったような気分に浸っているのは、愚かしいことなのかもしれない。

自分は、全然終わってなんかいないのかもしれない。

そう思っても、いいのかもしれない。

冬野菜と若鶏《わかどり》のゆずあんかけは、からっと揚がった若鶏と根菜に、鰹と昆布で出汁《だし》を取り、ゆずの風味を効かせたあんがかかっている。香りが良い上に、食べると若鶏から肉汁が溢《あふ》れる。それでいてゆずあんのおかげで次の一口もさっぱりと食べ進められる。

たらことつきこんにゃくの煮物は、生たらが流通するこの季節のお惣菜で、たらこといっても味付きのものではなく、生のたらこをつきこんにゃくという太めの糸こんにゃくと合わせて炒《い》り煮にしたものだ。つるっとしたこんにゃくと、たらこの食感が対照的で、白いごはんとの相性も抜群だ。

ごはんは茜も大好きなゆめぴりか。もちもちとして、噛《か》むほどに甘さを感じる北海道米だ。

そして、かぼちゃのいとこ煮は、優しい控えめな味付けだが、かぼちゃの甘みがしっかり生きていて、ほくほくとして粉感が強く、そこに時間をかけて煮た小豆《あずき》がとろりと絡まる。

一緒に頑張りましょう、と言ってもらえた。

願いを見つけようと。

本当は配達を頼むのも怖かった。

配達を頼むということは、当然ながら住所を相手に知られるということだ。茜を白鳥あまねだと知って、何か言ってくる人もいるかもしれない。

だが、配達で来たくま弁の新しい店員は、ちょっとぶっきらぼうというか、接客慣れしていないようなところはあるものの、率直に語ってくれた。それが茜は嬉《うれ》しかった。

そして、茜の状況をまったく知らないまま、彼女は茜に気遣いの言葉をかけてくれた。

まるで、ただの友達を、ちょっと励ますくらいの感覚で。

ふふ、と茜の喉《のど》から思いだし笑いが漏れる。

自分を知らない人から、ただの、本当にただの善意で励まされると、こんなふうに嬉しくて、素直な気持ちになれるのか。

父は勿論《もちろん》、ユウたちのことも心配させてしまっている。この弁当にはユウたちの気持ちや気遣いがこもっているに違いない。あの店員はその想いの受け渡しをしてくれたのだ。

彼女になら、またお弁当を持ってきて欲しいと思えた。

だが、茜からそう言われた店員は、目を白黒させて、ひどく驚いていた。

その顔を思い出すとおかしくて、にこにこしながらかぼちゃと小豆を食べた。

弁当が美味しくて、人の優しさが身にしみて、一人だけど一人ではなかった。

そうだ。一緒に頑張ろうと書いてあるではないか。

何度も繰り返しそのお品書きを読みながら、茜はふっくら炊き上がったごはんを口いっぱいに頬張った。

•第二話• 豚汁、石狩鍋、三平汁

にんじん、ゴボウ、タマネギといった盛りだくさんの野菜に、大根ではなくジャガイモ。そこに短冊切りの油揚げと豚バラ肉がうまみを追加する。ちょっと具材が多すぎなのでは？　という豚汁には、すりおろした生姜《しょうが》とネギがたっぷり載っていて、冷えた身体が温まる。

くま弁では弁当に添えられるように汁物も取り扱っていて、今日は豚汁の日だった。

雪緒が配達から帰ってくると、もう二十時を過ぎていた。今日のバイトはおしまいだ。だが、くま弁ではまかないを用意してくれている。たった三時間の労働にまかない付きでは採算が取れないのでは？　と思うが、あまりものだからと快く提供してくれるので、雪緒もありがたく受け取っている。

今日のまかないは、残り野菜の豚汁と、おにぎり、ニシン漬けだ。豚汁は残り野菜なので飾り切りで残った部分だったり、端っこ部分だったりなのだが、多少切り方が小さいだけで、味はお店で売られているものと遜色《そんしょく》ない、と思う。まかないの場合は思わぬ組み合わせになっていることもあるので意外性があってそういうところも面白い。たとえば、豚汁なのだが豚肉が少なめで豆腐がたっぷり入っているところとか。

おにぎりは塩結びだった。店に出すおにぎりを作った時に破れた海苔《のり》でくるんであって、大きくてまだ温かい。私が作ったんだよね……とちょっと恥ずかしそうに言ったのは千春だ。

ニシン漬けを作ったのはくま弁の創業者である熊野《くまの》だ。元々は熊野の店だから、くま弁というそうだ。禿頭《とくとう》の小柄な男性で、常連からはしばしば熊さん、と呼称されている。

そう、くまさん。

雪緒の名字も、久万だ。

だからただくまさんと呼ぶと混乱が起こる場合があって、結局雪緒からも頼んで、雪緒の呼び方は『雪緒さん』に落ち着いた。

当然、熊野の料理も美味《おい》しい。

ニシン漬けは、身欠きニシンに、ぱりぱりとした食感のキャベツ、にんじん、大根などの野菜を合わせて麹《こうじ》とともに漬けたものだ。熊野のニシン漬けは野菜の歯触りもよく、ほどよい塩気で酸っぱさもなく、いくらでも食べられてしまう。

まさに一汁一菜という食卓なのだが、味も量も満点で、雪緒には貴重な栄養源となっている。

今日もぱりぱりとニシン漬けを食べ、温かなおにぎりを頬張り、生姜が効いた豚汁をゆっくりと味わっていると、本当にこの店で働けて幸運だったな……と思えてくる。

いや、別にまかないの話だけではなくて。

配達の仕事は未経験だったが、もう道も覚えたし、車の運転自体は好きだ。千春もユウも良い人たちで、お客のこと、店の弁当のこと、なんでも色々教えてくれる。

「お、雪緒君。お疲れー」

廊下に通じる襖《ふすま》を開けて休憩室に入ってきたのは、創業者の熊野だ。

店は数年前にユウに譲ったそうだが、今も二階の部屋で一人暮らしをしている。ちなみに二階には昔ユウが住んでいたが、今は結婚して近所の部屋を借りている。

雪緒は口の中のニシン漬けを急いで飲み込んだ。

「お疲れ様です」

「お、ニシン漬けだ。若い人こういうのあんまり好きじゃないでしょ？」

今日のまかないを覗《のぞ》き込む熊野に、雪緒は座布団を出しつつ答えた。

「いや、私は好きです。美味しいです。祖父が好きだったので、お正月休みに行くと祖母が必ず出してくれました」

「へえー」

熊野は雪緒が出した座布団に腰を下ろしつつ相づちを打つ。

「短時間労働なのにこんなにごはんも用意していただいて申し訳ないです」

「いやいや、それは気にしないでいいよ。余り物だと思うし。それより、どう？　慣れた？」

「あっ、はい……」

問いに威勢良く答えようとした雪緒の頭に、ある顔が浮かんだ。

六十代後半から七十代くらいの女性で、白髪のおかっぱ、目つきは鋭い。雉村《きじむら》という客だ。

「どうした？」

「はあ……ちょっと思い出したことがあって。あの……毎回同じお客様に同じ注意を受けるんです。汁物の運び方についてなんですけど……」

「ああ〜、汁物か。配達中に零《こぼ》れる？」

「蓋《ふた》した上にラップで厳重に包んで固定してるんで、零れるというほどではないんですけど、そのお客様、ラップが濡《ぬ》れていると嫌みたいで……」

雉村妙子《たえこ》はしょっちゅうくま弁の配達を利用しているお得意様で、汁物を毎回必ず注文するのだが、そのたびごとに雪緒の運んで来た汁物を見て眉《まゆ》を顰《ひそ》め、ラップが濡れていると注意する。

濡れていると言っても大抵はほんの少し、容器自体は濡れていないくらいだ。

だが、ほんの少しでもラップが濡れているということは蓋の隙間から僅《わず》かながら漏れているということだし、外す時に手が汚れたりして不快でもあるだろう。

「なので、あの、できれば固定方法を見直した方がいいのかなとか思うんです」

「ああ、なるほどね」

熊野は同意しつつ、雪緒の顔をまじまじと見つめて言った。

「改善したいんだな。いいと思うよ。ただの愚痴かと思った」

「え？　あー、なるほど、そう聞こえましたか」

「いやあ、正直うんざりするお客さんだっているだろ。うち夜遅いし、アルコール入ってたりとか」

「いや、そんなには……あ、でもお金なかなか払ってもらえないのとかありましたね。三十分経ってるからって」

「あー、注文多い時は待たせちゃうからね。かかる時間は最初に言うんだけどなぁ」

熊野は形良い禿頭を撫《な》で上げた。

「だから、まあ、愚痴かと思ったよ。しっかりしてる人だね」

そんないいものではないと思う。ただ何度も同じ注意を受けるのが嫌なだけだ。

「今ってどんなふうに固定してるの？」

「仕切りがあって、そこに入れる形です。でも少し形があってないので、今度自作してみようかなと思ってます。あとはルート選択をもう少し工夫できないかと……あそこら辺、道が悪いのでどうしても揺れるんです。遠回りになっても、ロードヒーティングされてる大きな通り沿いに行った方がいいかもしれないです」

ぶつぶつ言いながら、雪緒はスマートフォンを取り出して地図アプリを開いた。

「この道、住宅街の中なので雪積もってるとあんまり……」

そんな雪緒を見て、熊野は呆《あき》れたような顔で言った。

「今はとりあえずごはん食べなよ」

「あっ……そうですね」

せっかくの熱い豚汁と温かいおにぎりが冷めてしまうところだった。

熊野は部屋を出る前に、手にしていた袋からペットボトルのジュースと缶コーヒーを出し、雪緒に選ばせてくれた。

雉村妙子は、低層マンションの一室で暮らしている。

住宅地を縦横に走る道は除雪されているものの、ロードヒーティングが埋め込まれた大きな通りとは比ぶべくもない。どうしても、車は揺れる。荷物も揺れる。

「あなたどのようにお考えなのかしら、ご自分のお仕事についてですけれどね」

豊平川《とよひらがわ》を橋で越えてすぐのところで脇に逸《そ》れると、低層マンションやアパート、一戸建てが混在する住宅地となる。

マンションの一階に住む雉村は、玄関ドアを開けて雪緒の姿を認めると、まず雪緒を入れてドアを閉め、迷惑そうに眉を顰めてそう言った。

「弁当の配達です」

何を問われているのかわからなかったので、雪緒は困惑しながらもそう答えた。

雉村はいっそう顔をしかめて、非難めいた物言いで言った。

「つまりね、私にとってお弁当の配達頼んでるなんて、ちょっと……ほら、ご近所の方たちに知られたくないことなのよ。それを、あんな大きな声で、お店の名前を言わないでちょうだい。わかるかしら、私の言っていること。そういう配慮も含めてお仕事していただかないと、困りますよというお話なんですよ」

はあ、と雪緒は答えたが、思い切り睨《にら》まれたので、すぐに、はい、と可能な限り神妙な声で応じた。

雉村は何故か手にしている孫の手を振っては自分の掌《てのひら》でぴしぴしと受け止め、口をへの字にして雪緒を見つめている。まるで答えを待っているかのようだ。

それでも威圧的な雰囲気は発言を制しているようにも見え、雪緒はそっと手を挙げ、発言の許可を求めた。

雉村がゆったりと一つ頷《うなず》いたので、雪緒は謝罪から切り出した。

「配慮が足らず、大変申し訳ありませんでした」

「わかればいいの」

雉村は雪緒が折り目正しく頭を下げるのを見て、機嫌よさそうに言った。この流れなら訊《き》けるかな、と雪緒は先ほどの雉村の発言で気になったことを尋ねてみた。

「あの……もしよければお伺いしたいのですが、どうして弁当の配達を頼んでいると知られたくないのですか？」

「面倒だから作らないのかって思われたくないからですよ」

「面倒、ですか……」

実際問題、面倒、なんて言うと聞こえは悪いが、人間が一日に使える時間なんて限られたものなのだから、買い出しと調理と後片付けの手間を大幅に削減できる宅配弁当はかなり有用だと雪緒は思う。

雉村はまた孫の手を一振りし、ぱしりと小気味よい音を響かせて掌で受けた。

「あなたに私の繊細な心を理解しろと言うつもりはありませんが、そこのところは誤解ないようにお願いしたいですね」

「……はい……」

はあ、と言いそうになるのを寸前で堪《こら》え、雪緒はそう言って神妙な顔で頷いた。

すると雉村も調子が出てきたようで滔々《とうとう》と語り始めた。

「勿論《もちろん》、私は面倒だから配達を頼んでいるわけではありませんよ。ただ、無駄に気を遣いたくないんです。外出するなんて言ったら、お化粧だってもっとちゃんとしないといけないし、服だってきちんとしないと。コートを着たら隠れるからいいとか、帽子とマスクをすれば化粧しなくてもいいとか、そんなこと言ってたら、知人に会った時恥ずかしいじゃないの。ご挨拶《あいさつ》だってきちんとしてね。あなたはそんなに気を遣わなくてもいいのかもしれませんけど、私には体面がありますもの」

つまり、雪緒は体面を気にする必要もない人間だと思われているらしい。確かに、近所のコンビニに行くのに化粧もせず部屋着の上からダウンを着て出かけることはあるのだが。

今の雉村は、きちんとセーターとスカートを着ているし、ノーメイクというわけでもない。髪だって寝癖はついていない。およそ出かけて知人に会うと嫌だなあ、という要素は、今の雉村には見当たらなかった。

さらにいえば玄関も綺麗《きれい》に片付いて、余計な靴は出ていないし、シューズクロークの上には毛糸の髪をお下げにしたお手製の人形が飾られている。

毎日きちんとすることが当たり前で、それが心地よいという人もいるだろう。

しかし、雉村は体面のために気を遣うものの、それに疲れているようにも見えた。

「大変ですね……」

雪緒は思わずそう言った。あまり言うつもりはなかったのだが、ぽろりと零れたのだ。

雉村は意表を突かれたような、ぎょっとした顔をして、雪緒を見つめた。きっと、同情されるとは思っていなかったのだろう。あるいは、逆に馬鹿にされたと感じたのかもしれないが。

雪緒は雉村の勢いが殺《そ》がれた今をチャンスと見て、ずっと手にしていた弁当の袋を差し出した。

「お待たせ致しました。ユリネごはんの塩ザンギ弁当と石狩鍋《いしかりなべ》です。配達料と合わせて千三百円になります。ご確認ください」

袋を受け取ると、雉村は袋から取り出した弁当を一瞥《いちべつ》してシューズクロークの人形の隣に置いた。

次いで、汁物用の蓋《ふた》付き容器を取り出した。

汁椀《しるわん》風の発泡スチロール製の容器で、蓋をした上からラップで厳重に包んである。

今日は厚紙で作ったスープカップ用のホルダーに収めて持ってきた。今まで市販品を使っていたから、汁物容器との間に隙間があって移動中に若干揺れて漏れることがあったのだが、自作したものだとずれもなく、持ち手もつけたから持ち運びにも便利だ。

雉村はラップを少し剝《は》がして入念に確認している。

車を降りる前に雪緒も確認して漏れはなかったが、雉村は外から見たくらいではわからないような少量の漏れも見逃さないのだ。

それでも鼓動は速まって、いつになく緊張していたから、雉村が不服そうに顔をしかめながらも、問題ありませんね、と言った時、雪緒はほっとして気が抜けそうだった。

とにかく、今日は文句を言われなかったのだ。

雪緒は車に戻ってから、堪えていた笑みを口の端に浮かべ、小さくガッツポーズした。

店に帰った雪緒は、休憩室から聞こえる声に気付いて、できるだけ静かに襖《ふすま》を開けた。ユウが通話中だった。改まった様子で、何やら謝罪しているようだったが、すでに話は終わっていたらしく、すぐに通話を切った。

接客を終えた千春も休憩室に入ってきて、ユウに心配そうに話しかけた。

「雉村さんなんておっしゃってました？」

「雉村さん？」

雪緒が届けた時には、問題ないと言っていたはずなのに、後から何か見つかってクレームの電話でも入ってしまったのだろうか。

心配そうな雪緒をなだめるように、ユウが穏やかな声で説明した。

「雪緒さんのせいじゃないですよ。うちで雪緒さんにお渡しする時に、間違えたんです。石狩鍋じゃなくて、三平汁《さんぺいじる》のご注文だったのに……」

「えっ、ご注文は三平汁だったんですか？」

三平汁は、糠《ぬか》ニシンや鮭の塩引きなどと、大根やにんじんなどの野菜をだし汁に入れて作る、塩味の汁物だ。一方、石狩鍋は、鮭、ジャガイモ、にんじん、タマネギなどの具材を味噌《みそ》ベースの味つけで煮込んだ汁物を言う。

「気付いて、さっきお電話差し上げたんです。お詫《わ》びと、三平汁をお届けし直すということをお伝えしたんですが、そうしたら、気付かなかったしこれでいいからとおっしゃって。もう食べてしまったし、これから持って来られても食べきれないからと……お代はお返ししますが、それも明日《あした》でいいということです」

「そ、そうなんですか」

なんだ、随分自分への態度と違うな……と雪緒は内心で思った。ちょっとでもラップが濡《ぬ》れているとものすごく嫌がる雉村が、汁物の中身が違っていても気にしていないなんて。

一瞬もやっとしたが、雉村が文句を言わないのならそれに越したことはない。人によってこだわるところは違うものだ。別に雉村が雪緒に特別意地悪とかいうわけではなく、雉村にとって大事なところがそこだというだけなのだろう。たぶん……。

「あ、雪緒さん、次のお弁当厨房《ちゅうぼう》にあります」

「はい！」

　雪緒は慌てて仕事に立ち返り、厨房に入った。

　弁当を見つけて早速持って行こうとすると、厨房に戻っていた千春が、客に問われて三平汁について説明し始めた。

「糠ニシンの三平汁ですよ。ニシンは春告魚と呼ばれていて、産卵するために海岸に近づく春が旬として知られているんですけど、秋も身に脂が乗っていて、卵はないけど美《お》味《い》しいんです。それをうちで糠漬けにしているので、今日は糠を落として、大根やにんじんと一緒に昆布出汁で煮て三平汁にしてみました。糠ニシンからいい塩気が出て、野菜の甘さ、昆布のうまみと合わさって、香りも良いんですよ」

　千春の説明が気になって、雪緒は休憩室に戻ってからも、厨房に通じる戸口から離れず聞き耳を立てる。千春は本当に美味しそうに説明する。朗らかな人柄と、詳しい説明と、美味しいものへの情熱とが一体になって、聞いているだけでおなかが空いてくる。

　説明を受けた客も、すぐに三平汁を注文した。

　はあ、と雪緒はうっとりとしてため息をついた。

　ふと振り返ると、残って予約処理の作業をしていたユウと目が合った。当たり前だが一部始終を見られていた。

「あっ……すみません……美味しそうな説明で……すぐ配達行ってきます」

「ありがとう。今日は売り切れてしまうかもしれないけど、今度まかないで作りますね」

「え、いやそんなつもりでは……」

「お店に出すには古くなって漬かりすぎたやつで作るから、大丈夫」

「……ありがとうございます……」

雪緒は配達に行く前に、両手を合わせて拝んだ。

翌日、雪緒は開店前に雑村のマンションに行き、間違った汁物の代金を返した。

「このたびはご迷惑をおかけしました」

「そんなにしてもらうほどのことではないのよ」

雪緒が返金して頭を下げると、雑村はあっけらかんとそう言った。

「綺麗に運んでくれれば、別になんだっていいのよ」

えっ、と雪緒は聞き返しそうになった。

それはこちらを気遣ってわざと大げさに言っているというよりは、単に本当にそう思っている、というふうに聞こえた。

「だってそうでしょう。見てくれが悪いものは食べる気が起きないもの。結局ね、見た目が一番なの。中身なんて、なんだって一緒よ。誰も中身なんて見てないの」

かなり強烈な言葉だった。

雪緒は、千春の情熱的な説明を、ユウの丁寧な仕事ぶりを思い出した。

そして、言うべきではない言葉を言わないよう、そっと口の内側を噛《か》んだ。

雪緒が雉村の部屋を出た時、ちょうど同じ部屋を年配の女性が訪ねてきた。

近所の知人らしい彼女を迎えて、雉村は雪緒に対する時とは違う、穏やかで優しい声音で挨拶《あいさつ》している。

見てくれ、見た目、それが大事だと雉村は考えていて、実際その通りに行動しているのだろう。見た目に気を遣うだけではなく、人当たりの良い笑顔と物言いで、外面を良くして……それが彼女の生き方だし、他人にもそれを求めるのだろう。

雪緒の仕事は弁当を運ぶことだ。汁物が零《こぼ》れないよう気を遣うのも仕事の一部だと思うから、そこに不満はない。実際、濡れたラップを剝がすのは気持ち悪いし、椀《わん》を運ぶ最中に滑って落とすかもしれない。それを避ける努力はする。だが、中身なんて、なんだって一緒、とまで言われると、さすがに飲み込み切れない。だって実際、一緒ではないのだ。

いろいろな人がいる。いろいろな客がいる。

それだけのことなのだと自分に言い聞かせて、雪緒は愛車のエンジンをかけた。

心地よい振動が、シートから身体に伝わってきた。

「変な顔してる」

顔を合わせるなり、黒川茜は雪緒にそう言い放った。

そりゃ女優でアイドルの茜からすれば、雪緒の顔は変な顔の部類に入るかもしれないが……と思い、雪緒はどう答えたものかわからず、釣り銭を渡す途中で固まった。

止まった雪緒の手の下に自分の手を差し出し、茜は釣り銭を要求する。雪緒がその手に釣りを載せると、茜はほぼノーメイクでも変わらず美しい顔を雪緒に向けて言った。

「何かあったの？」

雪緒は、睫《まつげ》がこんなに長くて瞼《まぶた》が重くはないのだろうかなんて考えていた。

「えっ……あの、私どんな顔してますか？」

「どんなって。なんか……いつも以上に無愛想というか……」

ぎょっとして雪緒は前のめりに訊《き》いた。

「いつもそんな無愛想ですか？」

「まあ普通に無愛想かな、笑わないし」

「うわっ、すみません」

自分なりに愛想よく振る舞っていたつもりだったので、茜の言葉は雪緒には衝撃だった。

「別に無理に笑わなくていいと思うけど」

やや語尾を上げ気味に、疑問形っぽく言われたが、一応客と接する仕事として無愛想なのはいただけない……雪緒は努めて口角を上げた。

　そんな雪緒の渾身《こんしん》の笑顔を見て、茜は気持ち悪そうな顔をした。

「……それより、何かあったの？」

　茜は弁当の袋を受け取りつつ、再度そう確認してきた。

　茜はしょっちゅう弁当を注文するので、雪緒もそのたびごとに茜と顔を合わせている。挨拶以外にも一言二言、天気や弁当の話をすることはあるが、その程度だ。こうして何かあったの、なんて訊かれたのは初めてだった。それほど自分は顔に出てしまっていたのだろうか。

　何かと言われると、心当たりは一つしかない。

　ついさっき、雉村のところに行ってきたばかりだったのだ。

　だが、客の愚痴を他の客に言うのもまずかろう。

　雪緒が困って言葉を選んでいると、茜が、ちょっと待ってなさいよ、と言って、一度部屋の奥に引っ込んだ。

　戻ってきた時、茜の手にはチョコ菓子の小箱があった。

　茜はそれを雪緒に差し出して言った。

「あげる。大方面倒臭い客の相手してきたってところでしょ。無理に笑わなくたっていいから、なんか好きなもの食べて元気出しなさいよ」

　雪緒は目を丸く見開いてチョコ菓子を受け取った。

それは普通の、子どもが買うようなどこにでもあるチョコ菓子だった。

「ありがとう……ございます……」

「うん……」

「あの！」

チョコ菓子を見つめていた雪緒が突然顔を上げると、茜はびくっと肩を震わせのけぞった。

「どうやったら、伝わると思いますか？　ほら、あの、お弁当は一つ一つ作ってて、どれでも同じなんてことないんだって……いや、中身の違いに気付いて欲しいというか、そうしたら、零すことから少しは意識が逸《そ》れて……美味しく食べてもらえるかなって……」

茜は、雪緒を困惑した様子で見つめてから答えた。

「そんなの、あなた前にもやってたじゃないの」

えっ、と雪緒は一拍おいて聞き返した。

翌日も、雉村は弁当を注文した。

マンションの共用廊下には壁が立ててあり窓もある。降雪が多い北海道の集合住宅ではよく見かけるタイプの廊下だ。薄暗く肌寒いが、外ほど寒くはなく、雪が吹き込む恐れもない。

　そこをスノーブーツのアウトソールでコツコツという音を響かせて行く。滑りにくく耐寒性も高い冬靴は都市部でも重宝する。

　いつもより少し緊張して、雪緒は雉村の部屋に急いでいた。勿論《もちろん》、保温バッグの中で容器が揺れないよう気を遣って。

　インターホンを押すと雉村が出てきて、雪緒と弁当を一瞥《いちべつ》した。雪緒は素早く袋を差し出した。

「お待たせいたしました。真鱈《まだら》の煮付け弁当と豚汁です。ご確認ください！」

　勢いよく差し出されても、雉村はいつもと態度を変えなかった。ゆったりとした仕草で受け取り、袋から弁当と汁物の容器を順に取り出し、汁漏れなどがないか確かめる。

　その時、彼女は弁当の上にそっと添えられた紙片に気付いた。

　それは二つ折りにされた和紙だった。

　手に取ってそれを開いた雉村は、意外そうに呟《つぶや》いた。

「お品書き……」

　雪緒が書いて、添えたのだ。

　道具を店に持ち込みはしなかったので筆ペンだが、それなりに様になった字を書けた気がするし、内容も千春とユウから聞き覚えて、正確に、丁寧に、というのを心がけた。

真鱈の煮付けの縮みほうれん草添え、肉詰め蓮根《れんこん》の天ぷら、白菜とカリカリベーコンのサラダ、白花豆の煮物。真鱈は勿論北海道産。冬場の野菜はどうしても道外産が多くなるが一部ハウス栽培の道産野菜もある。北海道では雪が降ると露地栽培はできなくなるので、寒締め縮みほうれん草は一定期間ハウスで育て、出荷前に露地に出して冷たい外気にさらす。そうすることで養分を蓄えた葉は肉厚になり、甘みが増す。

『寒さが縮みほうれん草を作ります。これが出回るといよいよ冬本番。暖かくしてお過ごしください』

そう書き添えておいた。

ユウが丁寧にあくを抜き、出汁《だし》を取り、面取りし、隠し包丁を入れ、仕込んだ弁当だ。それを『中身なんて、なんだって一緒』『誰も中身なんて見てない』と言われたことへの、雪緒なりの反論だった。

だが、勿論真正面から反論しているわけではないし、気難しい雉村だって、このお品書きに文句を付けようとは思わないだろう。雪緒はそう考えていた。

だが、雉村の表情がみるみるうちに強張《こわば》っていった。

「なんなの、これは」

出てきた声も硬い。雪緒はまさか怒りを買うとは思っていなかったため、なんの心の準備もできずに心臓が突如として嫌なきしみ方をした。

「お品書きです……」

「そうじゃなくて、この最後の文章。暖かくしてお過ごしくださいって……これ、あなたが書いたのですか」

「はっ、はい」

「ひとのことを老人扱いして！」

ええっ、と雪緒は聞き返しそうになっていた。老人扱い……いや、身体を気遣うのは老人扱いではないだろう。誰にだってするものだ。

「い、いいえ、別にそれはお年寄りだからというわけではなく……仮に雉村さんが私より年下だとしても、普通に言います」

「あらぁ、どうかしらね。どうせあなたの頭には、老人はすぐに病気になるとか、風邪を引くとか、そういう考えがあるのではないかしら。体力がないとか、免疫力が低いとかね」

「誰だって、寒くて乾燥していれば風邪を引きやすくなりますよ。冬というのはそういうものです」

「私、ここ十年風邪なんか引いたことないのよ。あなた、きちんと寝て、食べて、運動してる？」

「はあ……」

とまた言ってしまい、雉村に睨《にら》まれて、はい、と言い直す。

「その様子じゃあ、ろくなもの食べてないんじゃないかしら？　ほら、こんなに痩《や》せて。

萎《しな》びたアスパラみたいよ」

「アスパラ……？」

しかも萎びているのか。確かに雪緒は背は高めで細身だが、萎びたアスパラなんて言われたのは初めてだ。たぶん悪口の類《たぐ》いだと思うのだが、妙な形容に、怒るよりも先に感心してしまった。変なことを言う人もいるなあと。

「待ってなさい」

雉村はそう言うと、部屋の中へ引っ込んでしまった。雪緒が呆気《あっけ》にとられたまま玄関で待っていると、すぐに雉村が戻ってきて、雪緒の腕に大きなビニール袋を押しつけてきた。

「これ、あげます。あとお会計お願いします」

「はい、ありがとうございます……えっ、これなんですか？」

「いいから、これ持ってなさい。お会計！」

「まっ、真鱈の煮付け弁当お一つ、豚汁お一つ、配達料含めまして千二百円になります！」

「じゃあちょうどね。ほら、さっさと出ていってちょうだい！」

「はい！　ありがとうございました。失礼致します！」

勢いでそこまで言って、頭を下げ、はたと気付いた。

顔を上げて、渡されたビニール袋を持ち上げる。かなり重い。大根と小松菜の先端が、袋の上からはみ出している。

「小さい畑を持っているのです」

雉村は、雪緒の前で腕を組み、そう言った。

「ハウスもありますけど、暖房は使ってませんから、冬は育たないのです。寒さに強いのを秋までに育てて、あとはハウスの中で枯れたり凍ったりしないようにしています。この家の中でも少し育てていますよ。どう？　緑色が濃くて葉もぴんと張って元気そうでしょ。室内でも、冬でも、こんなに綺麗《きれい》なお野菜が作れるのですよ。あなた、きちんとお野菜食べなさい。私が健康なのはそのおかげです。あなたはどうせろくなもの食べてないでしょうから、お裾分《すそわ》けしてあげます」

ちょっとその言い方はひどいな……と思いつつも、雪緒は渡された袋を見やった。確かに緑が濃くてつやつやした葉物野菜や、ヒゲ根までぴんと張って元気な大根など、いかにも新鮮で、美味《おい》しそうだ。

丹精込めて育てた野菜を分けてくれるというのだから、もしかすると、雉村にもお品書きを添えた雪緒への感謝の気持ちらしきものはあるかもしれない。その気持ちから、こうしてお裾分けするという行動に出たとも考えられる……まあ、最大限好意的に解釈して、だが。

何にせよ、新鮮な野菜は冬場にはありがたいものだ。

「ありがとうございます」

純粋に感謝を込めてそう言うと、雉村は満足そうに鼻から息を出して、尊大に微笑んだ。感謝された雉村は、頬を紅潮させ、どこか生き生きとして見えた。

雪緒は頭を下げて、雉村の部屋を後にした。

大根、ほうれん草、小松菜、ラディッシュ、種々の野菜のベビーリーフに、ルッコラ。今日収穫したものらしい、青々とした野菜たちは、触るとちょっとちくちくして、土の匂いがした。

帰宅した雪緒は持ち帰った野菜をどうしたものかと考えながら、とりあえず洗い始めた。時間が経って少ししんなりしていた野菜たちも、流水で洗われ水に浸され、張りを取り戻す。

雪緒は何を作ろうかと考えていた。

今夜はいつものようにユウと千春がまかないを用意してくれたので、明日《あした》の朝食、昼食で食べるものを作ろうと考えて、雪緒はしばし瞑目《めいもく》した。

「うーん……味噌汁《みそしる》と……」

だがそこから先が続かない。雪緒はだいたい味噌汁か野菜炒《いた》めで野菜を消費している。それならわざわざレシピを見たりしなくていいし、まずいということはないし、栄養も摂《と》れる。

「……まあ、あとはサラダかな」

雪緒は目を開くと、とりあえず洗ってすっきりした見た目になった大根に手を伸ばした。さほど太くはないが、まっすぐ伸びて、切った面も瑞々《みずみず》しい。

大根とほうれん草の味噌汁を作り、小松菜は洗って切って、明日炒めるだけにして、サラダ野菜も洗って水を切っておく。

普段なら再就職のための勉強をしたりしている時間なので、最初は面倒だなという気持ちはあったが、気付くと鼻歌交じりで作業をしていた。

「……ちょっとだけ食べておこうかな」

朝食と昼食のために作ったものだが、できたての方が美味しいはずだ。

雪緒は味噌汁を汁椀《しるわん》に軽めに装《よそ》い、キッチンで立ったまま食べた。大根はよく煮えて、筋っぽさもなく、ほうれん草は肉厚で柔らかい。ほうれん草は下ゆでしてあく抜きをしなさいと親から言われてはいたが、面倒なので味噌汁の鍋《なべ》に直接入れて少し煮ただけだ。結石の原因になるわよという親の言葉が頭に蘇《よみがえ》るが、雪緒は今回は聞き流すことにした。

「美味しい……」

ほっと息を吐く。熱い味噌汁は香りよく、野菜の甘みが出ている。気付くと雪緒は二杯目を装っていた。今度は野菜大盛りで。材料はまだまだあるのだ。惜しみなく野菜を食べられるのは贅沢《ぜいたく》だなあと思いながら、雪緒はできたての熱い味噌汁にふうふうと息を吹きかけ、また一口啜《すす》った。

あれ、と雪緒は思った。

雉村から、今日は配達の依頼がない。

最近はほぼ毎日雉村の家に弁当を配達していたから、二十時近くなっても雉村からの電話がないことに気付いて、訝《いぶか》しく思った。

厨房《ちゅうぼう》で配達の弁当を受け取った雪緒は、念のため千春に尋ねた。

「千春さん。今日って、雉村さんから宅配の電話入ってないですよね」

「ん？　ああ、そういえばないね。最近毎日だったのに……」

千春は壁時計を見上げて首を捻《ひね》った。

「もうこれで今日の分の配達は終わりだよ。二十時になっちゃうから」

「そうですね……」

雪緒も時計を見上げた。長針があと少しで12の数字を指しそうだ。今受け取った弁当を宅配し終えたら、もう二十時になるだろう。

野菜食べてますよ、お味噌汁にしたけど美味しいですね。そんなふうに話そうと思っていた。雉村からはなんて言われるだろうかと想像もしていた。味噌汁しか作っていないのかと突っ込まれるだろうか。それとも、美味しいと褒められた雉村は上機嫌になるだろうか……いや、後者はないなと雪緒は自分で結論づけた。

　だが、そういう会話は、少なくとも、明日以降に持ち越しだ。

　雪緒は、残念だなあ、という気持ちを持て余したまま、今日最後の配達先に向かった。

　その日最後の配達先から戻る途中、雪緒は、愛車で住宅地の低層マンションの前を通りがかった。そこの一階の角部屋に雉村は住んでいる。たまたまこの近所が配達先で、通り道にあったのだ。

　右から出てきたトラックが通り過ぎるのを待つ間、雪緒は特に意図もなくマンションの方を見やった。そういえばここに雉村が住んでいるなあと思ったのだ。

　停車位置からは、ちょうど雉村の部屋の窓が見える。

　窓には明かりがついている。在宅している。

　だが、カーテンがきちんと閉まっていない。窓の半分くらいは何も遮るものがなく、明るい光がベランダに漏れている。窓際に干されたままの洗濯物が見えた。

　きちんとしていないといけないという、強迫観念のような雉村の言葉を思い出す。

　努めて自分をよく見せようとしている雉村が、こんなふうに室内を明るくしてカーテンもかけず、窓から洗濯物が見えてしまうような状況を見過ごすだろうか。

　雪緒は別の異変に気付いて目を凝らした。

半分だけ開いているのかと思ったカーテンが、レールから外れているように見える。

雪緒はトラックが通り過ぎてから車をマンションのエントランスの手前に停めた。考え過ぎではないかという考えが頭を過《よ》ぎったが、考えとは裏腹に、車から出た雪緒は駆け足になっていた。

雉村のマンションのドアには、新聞が差されたままになっていた。

今日の夕刊だ。配達は何時だろうか。部屋に電気を点《つ》けてカーテンを閉めるのは何時だろう。

雪緒はインターホンを押した。しばらく待ったが返事はない。もう一度押した。

「雉村さん！」

雪緒はドアを叩《たた》いた。返事はない。

勘違いならそれでいい、叱られるのならそれでいい、と思いながら、雪緒はきびすを返した。同じマンションに大家が住んでいるのを思い出したのだ。

大家が鍵《かぎ》を開けてくれ、雪緒は警官立ち会いの下、部屋に入った。大家とともに雉村に声をかけつつ、リビング、寝室に行き、そこでカーテンと一緒に床に倒れている雉村を見つけた。雉村は薄く目を開けていて、もしかしたら騒ぎに気付いて起きたのかもしれなかったが、とにかく雪緒を見つけて、ぼんやりと、力なく彼女の顔を見た。蒼白《そうはく》な顔で、目の焦点も合っていない。窓際には低いラックがあって、そこに鉢植えが幾つも置かれていたが、その鉢植えのうちのいくつかが倒れて割れていた。

雉村が抱え込んでいたカーテンに、血がついている。

「雉村さん！　大丈夫ですか？　どうしたんですか？」

皆、わっと取り囲んだ。

雉村は呆然《ぼうぜん》と来訪者たちを見上げていた。


救急車が来るまでの間、雪緒はずっと雉村に付き添っていた。

雉村は後頭部から出血していた。一瞬雪緒は強盗でも入ったのかと思ったが、特に窓が割られていることもなく玄関の鍵もかかっていたため、どうやら怪我は、病気で倒れたか、転んだかした拍子に打ち付けてできたものらしい。

雉村は朦朧《もうろう》としていて、呼びかけに対する答えは薄く目を開けてこちらを見るくらいだった。雪緒は、入院になるかもしれないし、家族に連絡しなければならないということに気付いて、雉村に話しかけた。

「雉村さん、お身内の方でご連絡する方はいませんか？」

雉村は目を開けて、聞こえるか、聞こえないかというか細い声で答えた。

「誰も悲しみやしない」

投げやりな言葉を、彼女は別にどうということもない事実だというように、無造作に口にした。

そんなことないですよ、のような言葉は雪緒の口から出て来なかった。弁当の配達で家を訪ねてくるだけの相手にそんなことを言われても、慰めにも気休めにもならないだろう。

雪緒は何も言えないまま、ただ雉村の手を握った。

助けられなかった後輩の顔が脳裏を過ぎる。自分は無力だという思いが繰り返し押し寄せる。

気付かないうちに険しい顔になっていた。

雪緒は深呼吸を一つすると、できるだけ穏やかな表情を作った。もし雉村が目を開けた時、雪緒が変な顔をしていたら、雉村を不安にさせるかもしれない。

救急車の音が近づいてきて、大家が誘導のため外に飛び出した。

結局、雉村は転んでラックに頭を打ったらしかった。

らしいというのは、頭を打ったせいで雉村も前後をよく覚えてないからだ。状況から考えて、雉村は部屋に電気をつけてカーテンを閉めようとしたか洗濯物を取ろうとしたかしてよろめき、そばにあった鉢植えのラックに頭をぶつけて意識を失ったということらしい。

頭を打ったためＣＴを撮って様子を見たのだが、幸い脳内出血も見られず、脳震盪《のうしんとう》と診断された。後遺症も今のところは見られないらしい。

入院中の見舞いは断られたが、退院後ならいいと言われていたので、雪緒は熊野から渡された玉子焼きを持って、退院した雉村のマンションを訪ねた。

出てきた雉村は、化粧をして身だしなみは整えていたが、以前より痩《や》せて、一回り小さくなったような印象があった。

店からです、と言って玉子焼きを渡すと、雉村は一瞥《いちべつ》して受け取り、渋々といった様子で礼を言った。雪緒は怪我の状態など訊《き》けたらと思っていたのだが、玄関に置かれた袋に気付いて、目を留めた。

二つの大きなビニール袋から、緑の小松菜や大根の葉が覗《のぞ》いている。

「それは私が収穫した野菜です」

雪緒の視線に気付いて、雉村がそう説明した。

「捨てようと思って」

「えっ!?」

雪緒は思わず大きな声を出してしまい、雉村は眉《まゆ》を顰《ひそ》めた。

「入院で、ろくに世話もできなかったから、見てくれが悪いんです。普段は近所の方に差し上げたりしてましたけど、そんなふうにできる状態ではないので、捨てます。私も食べ切れませんし」

「そんな……」

雉村はきっぱりと言った。

「もう野菜作りはおしまいにします。春になっても行くことはありません。畑は処分するつもりです。これが最後の収穫です」

「ど……どうしてですか？」

雉村は物憂げに袋の中の野菜を眺めて言った。

「私、頭打ったでしょう。若いナースが言うのよ。高齢の方は、何ヶ月も経ってから症状が出ることもあるので気をつけてくださいとか……認知症みたいな症状が出たら出血してる可能性があるので病院に来てくださいとか。腹が立ったけど、でも、私も高齢者扱いされるのねなんて思ったら……もう、年かなと……畑で倒れたら大変だし、またこんなふうに入院して、野菜をダメにしたくないし。それなら作らない方がいいと思ったんです」

だが、不意に不快そうに眉を顰め、雪緒を睨《にら》み付けた。

「あなたには関係ないことでしょう。ずけずけと人のことに首を突っ込んで。この前のことだって、そりゃ結果的には入院しましたけど、夜遅くに救急車なんてやり過ぎですよ！　ご近所様に迷惑です」

感謝して欲しいとまでは思わないが、救急車を呼んだことについてここまで非難されるとは思わなかった。確かに夜ではあったが、どう見ても意識朦朧としていて、どうなることかと本当に心配だったのだ。

反論しそうになったが、雪緒は、自分の行為は、雑村からしたらやはり迷惑だったのだろうと考え直した。

雪緒は頭を下げた。

「それは……申し訳ありませんでした」

雑村は不満そうだった。雪緒に頭を下げさせて、満足したというふうにはまったく見えなかった。悔しいような、いたたまれないような、そんな顔で、雪緒を睨み付けていた。

まるで、自分にこんなことを言わせた雪緒が悪いのだとでも言いたげだった。

その目に見つめられ、なんだか雪緒はこのまま帰るのが腹立たしくなってきた。捨てられるのを待つだけだという野菜を指差して、ほとんど勢いで言った。

「もしよければ、お野菜譲っていただけませんか？」

「なんですって？」

「お野菜、捨てるくらいなら譲ってください。以前雑村さんにいただいたの、とても美《お》味《い》しかったので！」

「あ、ああ、あなた、あれ食べたの……」

雑村は逡巡《しゅんじゅん》する様子を見せたが、結局吐き捨てるように言った。

「好きになさい。言っておきますけれど、萎《しな》びたものもありますからね」

「気にしませんので」

雪緒は野菜の袋を左右の手に一つずつ持つと、雉村に向かってもう一度頭を下げた。

「お野菜ありがとうございます」

失礼します、と言って部屋を出て、大股《おおまた》でそこを離れた。


ずけずけと人のことに首を突っ込んで――。

雪緒は雉村の言葉を思い返していた。二十時でバイトを上がり、出してもらったカレーピラフを空腹に掻《か》き込み、ユウたちに挨拶《あいさつ》して、自宅マンションに帰るところだ。

つまり一日の終わりで、あとは自宅でシャワーを浴びてベッドに入る前に勉強をしようかというくらいで、普段ならリラックスしてラジオを聞きながら運転を楽しんでいるところだった。

だが今夜は、雉村のことばかり考えていた。

他人の事情に首を突っ込んで、引っかき回すだけ引っかき回して、結局相手を傷つけるだけに終わった過去が、雪緒にはある。

それをどうしても思い出す。雉村は正しく、雪緒は間違っていたのかもしれない。

あそこで様子を見に行かなくても、雉村は死んだりしなかったかもしれない。自力でタクシーを呼んで病院に行ったかもしれない。少なくとも雉村はそれを望んでいた。

不意にカーステレオから懐かしい曲が流れていることに気付いた。ローカル局制作のドラマで使われて、数年前に道内でちょっと流行《はや》ったのだ。

流行に疎い雪緒だが、この曲は弟が繰り返し聞いていたのでよく覚えていた。

そう、北海道のローカルアイドルの曲で、その子はドラマにも出ていて……。

「あ」

雪緒は声に出していた。

白鳥あまねの歌だ。

透明感のある愛らしい歌声で始まるが、サビに近づくにつれて力強く、雄々しいほどに盛り上がっていく。乙女の恋心を歌っていたはずなのに、それが大地の雄壮さとか、広大さとかに繋《つな》がっていくという不思議な歌詞で、聞いているとぱっと視界が開けるような、不思議な高揚感があった。

リスナーのリクエストだったようだ。雪緒は、あまねに逆風が吹き荒れる中リクエストした見知らぬリスナーにも、採用したラジオの制作者たちにも、拍手したい気分だった。

白鳥あまね――本名は黒川茜。ユウと千春は、茜ちゃん、と呼んでいるようだ。雪緒は黒川さんと呼んでいる。

事務所トラブルによって東京の大手メディアからこぞって叩《たた》かれている彼女は、くま弁の常連であり、雪緒にとっては初めての客であり、雪緒がくま弁と知り合うきっかけを作ってくれた恩人でもある。

その茜が、届けてくれるのが雪緒なら、と言って宅配の注文を続けてくれている。

それは、雪緒が一歩踏み込んだからだ。

茜が、雪緒を信頼してくれたからだ。

胸にじんわりと温かなものがこみ上げてくる。間違いだらけのような気がしていた自分の、決して間違いではないものを思い出す。

気付くと涙が零《こぼ》れていて、雪緒は慎重に車を路肩に停めて、しばらく曲を聴いていた。

そして、涙を拭《ぬぐ》うと、シフトノブに手を置いた。丸っこいノブは手に馴染《なじ》む。後から交換したシフトレバーは少し重くて、住宅地などで長時間乗り続けていると手首が痛くなるのだが、今日はそうでもない。

雪緒は、くま弁への経路を考えながら、往来の中へ立ち戻った。

助手席には、雉村の野菜が詰まった袋が二つ、置かれている。雉村が言うように、前回もらったものほど形がよいわけではなく、葉物野菜がくたっと萎びていたり、蕪が小ぶりだったり、にんじんに裂け目があったり、やや個性的だ。

でも、やはり土の匂いがしていた。

その匂いを嗅《か》ぐと、雪緒の胸には温かいものが静かにこみ上げてくる。

土の匂いは、雪緒の中で祖母の庭仕事を手伝った幼い日に繋がっていた。

土を耕し、肥料を撒《ま》いて、苗を植え、あるいは種から発芽させ、炎天下で雑草取りをして、病気にやられるものが出てきたらその都度対策し……それでも美味しく出来あがったところを虫や動物に食べられたりするのだからたまらない。

雉村も、きっと随分、手間暇かけて育てていたのだ。

それを捨てようとしたその気持ちは、いったいどんなものだったのだろうか――。

雪緒がくま弁に戻ったのは、二十一時前くらいだった。まだ店は営業中で、数名の客が店内でユウの弁当を待っているようだった。

裏口から入った雪緒は客足が落ち着くまで休憩室で待って、一段落ついたところでユウと千春に声をかけた。

「あのう」

「あれ、どうしたの。忘れ物？」

千春が、休憩室から顔を出した雪緒を見て、小首を傾げた。

「いえ、ちょっとお願いがありまして」

ユウと千春は顔を見合わせた。


開店前の十六時半頃、雪緒は雉村のマンションを訪ねた。

ドアを開けて出てきた雉村は、事前に電話で説明を聞いていたはずだが、訝《いぶか》しげな顔をしていた。

「電話でも言いましたけど、私、頼んでませんよ」

「はい、存じ上げています。あのー、当店の新商品のサービスです。もし夕食がまだでしたら、是非召し上がってください。汁物もあります」

「……新商品？　どうして私に？」

「いつもご贔屓《ひいき》いただいているお礼です」

「お礼なんていりません」

「そっ……そうですか？　美味しいですよ……」

「結構です」

　雛村はぴしゃりと言ってドアを閉めようとした。店からのサービスという名目も無駄のようだ。

　雪緒は焦って声をかけた。

「特別製なんです。雛村さんのために作ってもらったんです」

　ドアを閉めようとしていた雛村は手を止め、疑わしげな目を雪緒に向けた。

「新商品のサービス、ではなかったのですか？」

「あっ」

『新商品のサービス』と『雛村のために作った特別製』は確かに両立しそうにない……。

「年寄りだから騙《だま》せるとでも思ったのかしら」

「だ、騙すつもりは……」

反論しかけたが、事実を伏せたのはその通りだったので、雪緒は頭を下げた。

「申し訳ありません。私が店長に頼んだんです。雉村さんにどうしても食べて欲しくて……」

「私に食べて欲しいって、いったいどうして？　ははあ、さては健康に気を遣っているくせに転んで倒れたとか、内心バカにしているのですね。自分で自分の世話も見られない年寄りに、親切にも特製弁当を恵もうっていうのかしらね」

「そんなこと思ってないですよ……」

雉村のいつも以上に舌鋒《ぜっぽう》鋭い言葉の数々に、雪緒は気圧《けお》されつつも答えた。

雉村は批判的な目を雪緒に注ぎ続けたが、結局、雪緒が差し出した袋を受け取った。

そしていつものように弁当箱と汁物容器を手に取ると、それらを観察し始めた。

「……良い匂いがするのね」

雉村は弁当箱を見つめながらそう呟《つぶや》き、ちらっと雪緒を見た。その視線の意図を察し、雪緒は言った。

「どうぞ、あの、中もご覧ください……」

　玄関先で見てくれと勧めるのもどうかなとは思ったが、いかにも雉村が中を見たそうにしているので、そう言わねばならない雰囲気だった。雉村は、勧められたから仕方なく、というふうを装って言った。

「そう？　そうおっしゃるなら、ちょっと拝見しますよ」

弁当容器の蓋《ふた》をぱかりと開けた雉村は、あら、と普段より高い、弾むような声を上げた。

雪緒は完成品を見ていたが、雉村の声につられて弁当を覗《のぞ》き込んだ。

ふんわりとした卵白と甘い蕪のすりおろしが鱈《たら》を包む蕪蒸《かぶらむ》しは、鰹出汁のあんに浸ってきらきらと輝いている。これに合わせたのは、爽《さわ》やかな香りと歯ごたえが楽しめる春菊のサラダ、少し甘めのにんじんの煮物、白菜の漬物。炊きたてのごはんには青菜を混ぜ込んである。

すりおろした小蕪と鰹出汁の香りが、優しく漂っていた。

「美味《おい》しそうね……」

思わず出てきた、といった感じで、雉村が呟いた。

だが、すぐに我に返った様子で、急いで蓋をした。

「まあ、確かに美味しそうですね。それに、綺麗《きれい》に運んでくれましたね。偏りもなくて……汁物の方も、漏れはないようすですし」

言いながら、弁当容器を一旦《いったん》袋に戻した彼女は、袋の中に落ちていた和紙に気付いて取り出した。

「これは……」

「あの、お品書きです」

雪緒がそう答えると、雉村は呆《あき》れ顔で言った。

「またあなた、こんなもの書いて、ご機嫌取りするおつもりかしら」

「ええと、普通の……産地とかが書いてあるものです」

「産地ね。まあ、そうですね、お弁当は確かに美味しそうでしたし、ただのメニューなら、目を通すくらいはさせてもらいますよ」

雉村はあくまで高圧的にそう言って、お品書きを開いた。

和紙の擦《こす》れる、乾いた、だがどこか柔らかな音がした。

中身は、以前と同様、雪緒が店に筆ペンを持ち込んで書いた。

『おしながき』という言葉の隣には、一段下げて、『鱒の蕪蒸しと三平汁のお弁当』と書いて、一品ずつ、使われている野菜や作り方などの説明を簡単にまとめている。たとえば、『鱒の蕪蒸し』のところには、『旬の真鱒の上に、皮ごとすりおろした蕪と泡立てた卵白をこんもり載せて蒸し上げました』といった具合だ。

そして、その説明の隣には、食材の産地を記した。『鱒の蕪蒸し』なら、『真鱒　北海道産』『蕪　雉村さんち産』というふうに。

『雉村さんち産』。

別に雪緒としては駄洒落《だじゃれ》で書いたつもりはないのだが、どうにも音の響きが少しばかり間抜けな感じになってしまった。

それを見ているのか、雉村は沈黙している。

雪緒はいたたまれなくなってきた。

何しろ、野菜はすべて『雉村さんち産』なのだ。

蕪蒸しの小蕪、サラダの春菊、煮物のにんじん、漬物の白菜、青菜ごはんの小松菜、三平汁に使われている、大根、冬キャベツ、ネギなど。

すべて、『雉村さんち産』。

雉村は大きく目を見開いて、黙っている。目が動くからゆっくりと文字を追っているのだと思うのだが、その動き以外、雉村は何も言わず、何もせず、黙ってお品書きを見つめている。

この反応はなんだろう、と雪緒は息を詰めていた。

前のお品書きでは怒らせてしまったようなので、今回は労《いたわ》るような言葉は書かなかった。本当に、ただ、この弁当がいったい何からできているのか、どこの誰が世話をして、美味しく育て上げたのか、ただそれだけでも伝えたいと思ったのだ。

「見た目が……」

突然、雉村は呟いた。雪緒は思わず姿勢を正した。

「は、はい」

「見た目が、悪いものも、多かったと思うのですが」

「そ……そうですかね、まあ、そういうのもありますけど、食べていただければわかると思いますが、たぶん、気にならないですよ、元の見た目なんて。少なくとも、私はそうなんですけど……」

「……あなたは、気にしないでいられるのね。それは、きっと……才能ね」

そう語る雛村は、悔しげにも、悲しげにも見えた。

「私には、できなかった」

意表を突かれて立ち尽くす雪緒に、雛村は部屋に入って行かないかと声をかけた。

雪緒は店に一度電話を入れてから、雛村の部屋にお邪魔することになった。

雛村は雪緒をダイニングと隣接する和室に通した。雛村は雪緒に座布団を勧めて、自分も座った。

「あなたと接していると、子どもを思い出すのです」

雛村はそう切り出した。

「私は昔から外面ばかり気になるのです。本当に小さい頃から。自分の子どもにも、同じ考えを押しつけました。中身を見もせずに、ああだこうだと決めつけて、少しでも失敗したら恥ずかしいと罵《ののし》ったのです」

なんとなく想像はできた。雪緒も雛村には散々叱られたのだ。親子なら、もっと遠慮がなくなって、ひどいことになるかもしれない。

「結局不仲になった子どもたちは家を出て行って、孫とも会えなくなって……近所の人に子どものことを聞かれるのも嫌で出不精になり、畑と家を往復するだけの毎日。でも、最近、昔よく行っていたくま弁が弁当の宅配を始めたって知って、注文してみることにしたんです。それで、来たのがあなただったでしょう」

「はあ」

はい、と言い損ねてしまった雪緒は内心焦ったが、雉村は、ちらと雪緒を見てため息を吐いただけだった。

「年も出て行った頃の子どもと同じくらいだし、つい子どもがいた頃のことを思い出して、子どもに接したみたいにきつく当たってしまったんです。子どもが、よく汁椀《しるわん》を運ぶ時に味噌《みそ》汁《しる》を零《こぼ》してね……本当、がさつで……」

「………」

雪緒は居心地悪く身じろぎした。雉村は、いったいなんだってこういう話を突然しようと思ったのだろう。

雪緒が内心で不思議に思っていると、雉村は特別長いため息を吐いた。

「私はそういうこと、気にしてしまうのよ。別にこっちだって好きで文句を言ってるわけじゃありません。いったい、どうしたらあなたみたいに、気にしないでいられるのかしらね？」

嫌みかと思ったが、どうやら本当に疑問に思っているらしいので、雪緒はなんとか答えようとした。

「えっ……そうですね、あの、お話はわかるんですけど、あんまり装うと疲れるというか……」

「あの子たちも、疲れたのかしら。私といることに」

雪緒はそうだとも言いにくく口を噤《つぐ》んだ。

体面を重んじる母親からあまりに厳しく小言を言われていては、家の中であっても心安まらないだろうし、多感な年齢の時に親から中身なんて関係ないとまで言われては、自分を否定されたように感じ、実家を疎ましく思ってしまうのも仕方ないことだろう。

子どもの立場に近い雪緒はそう思ってしまう。

雪緒は雉村が自分を部屋に招き入れた理由を悟った気がした。雉村は、見た目をあまり気にしていない様子の雪緒に——出て行った時の子どもと年が近い雪緒に、疑問をぶつけてみたかったのだろう。

「でも、実際、体面とか外見とか、大事でしょう。私みたいな……」

一旦言いよどんだものの、雉村はため息混じりに続けた。

「私みたいな子どもにも捨てられた、年取っただけの空っぽの人間には、見せるべき中身なんてありませんから。そんな自分のありもしない中身を認めてもらおうなんて、甘い考えですよ」

その言葉の鋭さに、雪緒は驚くとともに胃の辺りがぎりりと締め付けられるような痛みを覚えた。口の中が、なんだか苦く——悲しい。

雉村は確かにずっと舌鋒《ぜっぽう》鋭く雪緒を攻撃してきたが、その攻撃性は自身の内にも向いていたのだ。それも、とりわけ厳しく。

「き……雉村さんのお野菜、すごいんですよ」

雪緒は気付いたらそう口走っていた。雉村が、あなた私の話聞いていた？ とでも言いたげな顔で雪緒を見ている。雪緒は勢いに任せ、ちゃぶ台に身を乗り出すようにして、真剣に語った。

「私もいただきましたけど、葉物野菜は肉厚で、根菜類は柔らかくて、こう、香りも強いし味も濃いし、美味《おい》しいんです。元気になれる味がするんです。きっと、栄養もいっぱいですよ。入院して、野菜をその間お世話できなくて、ちょっと育ち過ぎたとか、萎《しな》びちゃったとかあるかもしれませんけど、でも、それでも雉村さんはここまで育てたんです。傷があろうが、歪《いびつ》だろうが、にんじんの中にはにんじんしかないんです。本当に空っぽなら苦しみもないです。雉村さんの中には、雉村さんが……います……」

目を丸くしている雉村を見て、雪緒は、一気にまくし立てたせいで驚かせてしまったかと少し気まずくなった。

「あっ、あの、せっかくなので温かいうちに食べてください。美味しいもの食べると、元気になれますので」

「……そう、そうかしら……」

雉村は雪緒の勢いに気圧《けお》されつつも手を合わせ、幾分かは疑わしげな様子でちゃぶ台に置かれた弁当に手を伸ばした。

細く筋張った指が少しの間戸惑うように弁当容器の前で止まったが、結局彼女は弁当の蓋《ふた》を開け、汁物容器の蓋も開けた。

普段はロールキャベツを入れている大ぶりの汁物容器には、蓋ぎりぎりまで、三平汁が満たされている。糠《ぬか》ニシンと冬野菜の三平汁だ。昆布出汁と具材の入り混じった香りが、湯気とともにふうわりと立ち上る。

弁当は玄関先で見ていたためか、雉村は今度は汁物の方に興味を引かれた様子だった。

雉村は、湯気を上げる三平汁の容器を手に取った。重さに顔をしかめながらも、発泡スチロール製ゆえに断熱ができているので器自体はそんなに熱くないことにほっとしている。

すっと一口飲んで、雉村は目を見開いた。

それは美味しいだろう。

とびきり脂の乗った晩秋のニシンをユウが漬けた自家製の糠ニシン。その糠を洗い流してから、たっぷりの野菜とともに昆布出汁で煮て、塩で味を調整する。ニシンの塩気、野菜のまろやかな甘み、昆布の香りが溶け合った透明な汁は、匂いだけでもよだれが出てくる。

雪緒は客の前であることを意識し、唾《つば》を飲み込むと努めて表情を引き締めた。

雉村は、また一口、次はニシンを箸《はし》で解《ほぐ》し、つまんで食べる。大根を、キャベツを、にんじんを。どれも雉村が育て、保管していたものだ。雉村の野菜をたくさん使って欲しいと雪緒がユウに頼んだため、おそらく三平汁には普通入れないキャベツも入っているが、甘みが出て美味しそうだ。キャベツは外葉こそ黄色くしなびていたものの中は元気だったし、にんじんは割れたままの形で入っていた。にんじんをつまみ上げた雛村はその形を見て微笑んだ。

　また一口三平汁を啜《すす》り、雛村はほうと息を吐いて呟《つぶや》いた。

「美味しい……」

　どこか、雛村の目が優しい。

「一つ一つの野菜からいいお出汁《だし》が出て、こんな綺麗《きれい》なスープになっているんですね。透明で、奥行きがあって、とっても良い香り……」

「だから言ったじゃないですか。雛村さんの野菜は美味しいって」

　雪緒は自信満々でそう語った。

「そうでしたね……」

　雛村は呟くと、あらためて雪緒のお品書きを手に取って、見つめた。

　野菜はすべて、『雛村さんち産』だ。

　その文字を細い指でそっとなぞる。繰り返し、繰り返し。

　雛村は目を伏せた。

　雪緒がその睫《まつげ》が濡《ぬ》れていると気付いた瞬間、伏せた目から涙が零れ出た。

　雪緒は驚いて、上擦った声で尋ねた。

「雛村さん!?　だ、大丈夫ですか」

慌てる雪緒に、雉村は涙を拭《ぬぐ》いながら首を振った。

「大丈夫……大丈夫です」

そう言いながらも、雉村自身、次から次へと溢《あふ》れる涙に戸惑っているようだ。雪緒は傍らに置いた自分のコートのポケットを叩《たた》き、やっと開封していないポケットティッシュを見つけて、雉村に差し出した。

どうも、とか細い声を出して、雉村はそれを受け取った。

雉村は涙をティッシュに吸わせるようにして拭い、掠《かす》れて震える声を発した。

「こんなにも、嬉《うれ》しいものなのね」

「えっ……」

嬉しい、と今雉村は言ったのか？　雪緒は自問した。そう、嬉しいと言ったのだ。

雉村は、涙で濡れた目で雪緒を見つめて言った。

「ありがとう」

雪緒の胸がどくんと強く高鳴った。

だが、不意に、雉村の穏やかに細められた目が痛みに揺れた。

「こんなに嬉しいものなら、もっと、褒めてあげればよかった」

彼女は顔を皺《しわ》くちゃに歪《ゆが》めて口を押さえた。涙がぼろぼろと零れていた。

「私を見て、私の中身を見て、ってあの子たちは言っていたのに。私は、無視していました。だって、そんなもの見てくれる他人はいやしないもの……そう思ってたんですよ。

でも、私くらい、子どもたちの中身を……優しいところとか、頑張っているところとかを見てあげるべきでしたね。そうしてほしかったんですね……」

　実の子からすれば言葉のきつい、嫌な母親だったのかもしれないと思う。雪緒自身も親子の問題を抱えているから、子ども側の気持ちにはむしろ共感を抱きやすい。

　だが、こうして弱々しく内心を吐露する雛村はいつもとは違っていて、雪緒は思わず、声をかけた。

「雛村さんも、そうされたかったんですね」

「私が……？」

「外に見せてる自分じゃなくて……もっとこう、違う自分を、見せかけじゃない、普通の自分を、見てほしかったのかなって……」

「……弱くて、後悔している中身のない自分を？」

「その……そういうのも含めてですけど、一生懸命お野菜作って、私にも分けてくださったり、こうして我が身を省みるのも結構難しいことだと思いますし、雛村さんのよいところだと思いますよ」

「でも、こんな、取り返しがつかなくなってからわかっても……あの子たちは傷ついていて、この家には帰って来ないんです」

　容器の重さに耐えられなくなったように、雛村の手が揺れて、汁が零《こぼ》れそうになった。雪緒はその手ごと椀《わん》を支えた。

驚いた様子の雉村を見つめて、雪緒は言った。

「私、来ますよ」

雉村は、何かを堪《こら》える様な、泣き笑いの顔で睨《にら》み付けてきた。

「それがあなたの仕事でしょう」

「えっ、まあ、そうですが……でも、今は、私で我慢してくださいよ」

雉村は、わざと眉《まゆ》を顰《ひそ》めて、しかめっ面をして言った。

「……仕方ありませんね」

そして、お互いに思わず笑いが漏れた。


数日後、雪緒がほんの少しの間に積もった雪を車から払い落としていると、千春に声をかけられた。

振り返ると、店の裏口に千春と雉村が立っていた。

「えっ、あれ、雉村さん、どうして……」

雉村の家からここまでは歩いても十分かそこらなのだが、まさか雉村が来店するとは思わなかった。

「雉村さん、お礼にいらしてくれたんですよ」

千春はそう説明した。雉村は持参した菓子の紙袋を雪緒に渡して言った。

「これ、皆様で召し上がってください。私、前にひどいこと言いましたが……ありがとうございます、助けてくださって」

雉村がお礼を言っている。雪緒はここ数週間で一番の衝撃を受けて固まった。

「あっ、ああ、いえ……」

思わず返答が上擦った声になる。雉村は雪緒の動揺を見て、幾分不機嫌そうに眉を顰《ひそ》めたが、すぐに笑って続けた。

「お品書きもありがとう。本当は、泣くほど嬉しかったんですよ。私の野菜、こんなに使ってもらえるなんて思っていませんでしたから。でも、ダメね、素直にお礼さえ言えないんですもの。こんなだから、私が死んだって誰も悲しまないのよ」

投げやりに言って、しかし雉村は笑った。笑い飛ばした。

「でもね、いいのよ。こんなこと嘆いても仕方ないもの。最近、私も少しはあなたを見習って、肩の力を抜いた方がいいのかもしれないと思うんです。そうした方が、身近な人とか、あなたとかに、優しくする余裕ができるかもしれないものね」

笑う雉村は元気そうだ。小さくなったようなあの感じは消えていた。頬もふっくらとして、血色がいい。

店の裏手から帰って行く雉村を見送ると、千春は隣に立つ雪緒を見上げて、感心したように言った。

「雛村さん、すっかり雪緒さんのファンじゃないですか。すごいですね！」

「ふぁ、ファン？」

雪緒が聞き返すと、後ろから声が返って来た。

「そうですね。雛村さんがあんなに人を褒めるの初めて見ましたよ」

開店準備をしていたはずのユウだった。雛村は彼にも雪緒のことを話していたらしい。

「お品書きも嬉しかったって言ってましたよ。すごくいい考えですね。もし、雪緒さんがよかったら、ですけど、続けられませんか？」

「えっ」

「お品書きですよ。他のお客様にもお作りできないかなあと。あ、でもお仕事増えてしまうので、こちらでお品書きを用意しますから、宅配の時に持っていってもらえれば」

「あ、あの、それならもしよければ私に作らせてもらえませんか？　勿論《もちろん》、ユウさんと千春さんに教えてもらって書きますから、あの……できれば、私が書きたいんです」

ユウは一瞬意表を突かれたように目を見開いたが、すぐに笑顔になった。

「勿論です！　僕たちもサポートしますから、やってみましょう」

「はい、よろしくお願いします！」

外気の寒さにも拘《かか》わらず、雪緒は自身のうちからふつふつと熱がこみ上げてくるような感じがしていた。

できることがある、やれることがある。

自分がこの店で働く意義のようなものを見つけられた気がした。

雉村はそれからもしょっちゅう宅配弁当を注文した。

ある日、雉村が二人前の弁当を注文した。珍しいな、近所の人でも遊びに来たのかな……と思いながらインターホンを鳴らした雪緒は、出てきた女性を見て、あっと叫びそうになった。

ショートカットでやや小柄な女性は、なんとなく目元が雉村に似ていたが、雉村よりかなり若く見えた。三十代くらいだろうか。

「お母さん、お弁当屋さんよ」

女性は会計を終えると、リビングの方へ向かって声をかけた。雉村が出てきて、雪緒の顔を見て言った。

「この子よ、ほら、救急車呼んでくれたの」

えっ、と女性はぎょっとした声を発した。まったく聞いていなかったのだろう。女性は慌てた様子で頭を下げ、雪緒は恐縮した。

話によると、彼女は母親が倒れたという話を親戚《しんせき》から聞いて、驚いて様子を見に母の家を数年ぶりに訪ねたとのことだった。親子の様子はまだぎこちないが、雉村は少なくとも娘に対して少しは気を遣っている様子もある。とはいえ母親から受けた仕打ちを娘が忘れたわけではないだろうし今後関係が改善するとは限らない。親子だから仲良くしなければいけないなんてことも、反省しているから許して受け入れなければならないなんてこともない。

まあ、その辺りは雪緒はあまり触れたくない部分だ。雪緒自身の前にだって、実の親との問題は横たわっているのだ。

ただ、この時の雉村は、ここのお弁当美味《おい》しいのよ、ととても幸せそうに笑っていた。

・第三話・　二十二時のきんぴらおにぎりエトセトラ

濡《ぬ》れたサイドミラーは、後続車のヘッドライトを反射して極めて視認性が悪い。

水滴避《よ》けをスプレーし直しておけばよかった、と雪緒は後悔していた。

時刻は二十一時を回っている。普段の雪緒ならとっくにバイトを終えて帰宅している時間だが、今夜はもう一度店に向かっている。

今日は朝から気温が高く、二月だというのに夕方からは雨が降り出した。冷たい雨は今も降り続け、前日まで降り積もっていた雪を解かし、あちこちに水たまりを作り出している。

雪緒は今日の最初の配達で、雪が解けて深い水たまりになっていることに気付かず、家から履いてきた靴を足首まで水に浸《つ》けてずぶ濡れにした。

その後はユウから長靴を借りて無事にバイトを終えることができたのだが、借りた長靴を履いたまま帰宅してしまった。

連絡を受けたユウからは、次のバイトの時でよいと言われたが、この道路状況では明日《あした》の朝長靴がないのは大変だろうと、雪緒は長靴を返すためにもう一度くま弁に向かっている。

運転自体は好きな雪緒だが、雨の夜の運転は神経を使う。見にくく、滑りやすい。

一度仕事を終えて緩んだ緊張の糸をもう一度張り直し、雪緒はハンドルを切った。

店舗裏手の駐車場に車を停めた雪緒は、自宅から履き替えてきた長靴で水たまりの水をはね飛ばしながら裏口の庇《ひさし》の下に駆け込んだ。水を払い、裏口から入ったところで、電話の呼び出し音を聞いた。忙しそうならここに長靴を置いて帰ろうと思っていたのだが、思っていたよりも随分忙しいのか、電話は鳴り続けている。

　雪緒はそれに気付いて、慌てて靴を脱ぎ捨てた。

　休憩室には、扉に磨《す》りガラスが入った古めかしい電話台がある。その上に置かれている最新式の固定電話の子機が、人の焦燥をかき立てるような電子音を鳴らし続けていた。

「はいっ、くま弁ですっ」

　店の電話は休憩室の子機でも取れたので、雪緒は息を弾ませながらも電話に出ることができた。

　すると、かなり切羽詰まった声でいきなり問われた。

『きんぴらのおにぎりってありますか!?』

「きん……ぴらのおにぎりでございますね」

　復唱しつつ、雪緒は今入ってきたばかりのユウに目を向けた。ユウは雪緒の復唱に一つ頷《うなず》く。それを確認して答えた。

「ございます」

『ほっ、本当ですか？　よかった……！』

若い男性とおぼしきの声の主は、随分喜んでくれているようだ。おにぎり一つでそこまで喜んでもらえるとは嬉《うれ》しいが、何か事情があるのだろうか。

『助かりますよ、近所にはなくて……じゃあ、きんぴらのおにぎり一個と、あと他におにぎり十個お願いします。きんぴら以外の具材は適当でいいです』

「はい、あの、ご来店は何時頃になりますか？」

『できれば配達お願いしたいんですが』

「エリアの制限がございますので、お届け先のご住所お教えいただけますか？　あっ、それから本日の配達時間は――」

と雪緒が言いかけた時には、電話口の相手はすでに住所を口にしていた。

その番地とビルの名前が耳に入ってきた時、雪緒の頭は一瞬情報を処理し損ねた。

自分は何を言おうとしていたのだったか、雪緒はわからなくなってしまった。頭が真っ白になって、それ以前のことが完全に抜けてしまった。何か言わなければならないが、唇を濡らし、電話の向こうで客が訝《いぶか》しく思う頃になって、ようやく、はい、とか細い声で答えた。

「承りました」

『じゃあよろしくお願いします！　自分はカスイです。米偏に白の粕《かす》、井戸の井で粕井《かすい》です！』

電話はそれで切れた。

呆然《ぼうぜん》とする雪緒がようやくいくらか我に返ってみると、ユウが心配そうな顔でこちらを覗《のぞ》き込んでいた。

「どうしたの？　大丈夫？」

「はい」

「あの、今、もしかしてだけど配達の電話だった？」

「はい」

「今日の配達時間、過ぎてると思うんだけど……」

ユウの言葉が頭に入ってきて、その意味が理解できるまで、随分と時間がかかってしまった。

「……あっ！」

理解したと同時にさあっと血の気が引いた。なんてことだ。配達時間をとっくに過ぎているのに断らずに受けてしまった。

「す……すみません！　すぐにお断りと謝罪のお電話を――」

そう言いかけたところで雪緒が言葉を切ってしまったので、ユウは雪緒の顔を覗き込んだ。その心配そうな目と目が合い、雪緒はごくりと唾《つば》を飲み込み、とんでもない思いつきを口にした。

「あの……この配達、やらせてもらえませんか？」

えっ、とユウが声を上げた。あまり物事に動じることのない彼にしては、珍しい反応だった。

「いいえ、あの、別にお断りの電話をするのが嫌だとかそういうのではなく……もしおにぎり作れるのなら、私が届けたいと……あっ、でも今回引き受けたせいで今後も同じ時間帯に配達頼まれたら困ります……ね……」

自分で話しながらもダメな理由を思いつき、雪緒の言葉は尻《しり》すぼみになってしまった。

ユウは小首を傾げるような、考え込む様子を見せた。

その後彼の口から出てきた言葉はあまりに核心を突いていた。

「……雪緒さんには、何かお届けしたい理由があるのかな？」

雪緒ははっと息を呑《の》んだ。

ユウを説得するには、理由を説明しなければならない。

最初に言えばよかったのだが、言わなかったのは、やはり、言いにくい、理解してもらいにくいことだと雪緒自身感じていたからだろう。

雪緒は、切った電話の子機を見つめて答えた。

「今回のお届け先、前の職場なんです」

ユウは目を丸くした。まったく予想外の答えだったのだろう。雪緒も逆の立場なら驚く。

「知ってる人からの電話だった？」

「いいえ。それに、ここにかけてきたのも偶然だと思います。でも、その……すごく、知り合いがいそうな気配が……」

「気配……」

「『きんぴらごぼうのおにぎり』」

ため息とともに絞り出すような言い方で、雪緒は言った。

「前の同僚の好みなんです。よく、新人に無理言って買いに行かせてました。彼は……なんといいますか、年下とか、後輩とかを振り回す性格で、付き合わされて苦労してた人もいました」

「なるほど……」

ユウは雪緒の説明から、彼女の動機を正しく察したらしかった。

「雪緒さんはその『新人』さんを助けたい、ということでいいのかな」

助けたい……その言葉には幾分の抵抗を覚える。

そんなたいそうなことをしたいわけではない。そんなことができるとも思っていない。

雪緒は自信を持てないまま答えた。

「……力になれたらと思ったんです」

「じゃあ、ごはんもきんぴらもあるので、作りましょう」

ユウがあまりにあっさり言うので、雪緒は驚いて彼の顔を見つめた。

「い……いいんですか？」

「うん、さっきごはん炊けたところなので。今日は余るかなって思ってたけど、ちょうど売り切れそうだね」

「ありがとうございます！」

「ううん、こちらも商売だから。普段ならお断りすることになったと思うんだけど、雪緒さんもいるから配達は可能だし……あっ、残業分のお給料は受け取ってね」

「う……すみません。あ、包装手伝います」

せめてできることはやろうと雪緒は申し出た。


炊きたてのごはんは熱い。水で濡《ぬ》らした手でも、きっと火傷《やけど》しそうなくらい熱いはずだ。

だが、ユウは熱さに頓着《とんちゃく》した様子もなく、次々とおにぎりを作っていく。

梅干し、梅ちりめん、山わさびとしらす、筋子、鮭、山椒《さんしょう》昆布、ふきのとう味噌《みそ》、焼きたらこ等々……。

雪緒は、手の中でおにぎりが宙に一瞬浮くところが、小気味よくて好きだった。

雪緒は完成したおにぎりを一つ一つフィルムで包み、中に何が入っているのかわかるよう具材を書いたシールを貼っていく。黙々と作業していくうち、手が止まった。

次は、きんぴらごぼうのおにぎりだ。

『彼』の顔が頭に浮かんだ。

がっしりとした骨格の顔立ちで、眉《まゆ》は太いが整えられて、鼻も手も頭もどこかごつごつした岩石のような印象の男性だった。『彼』の声が、もう何ヶ月も聞いていなかったはずのその声が頭の中で朗朗と響き渡った。

『久万さんは真面目だねえ』

あはは、という笑い声付きだ。雪緒は頭を振った。『彼』に出ていって欲しかったが、どうもうまくいかない。声も、顔も、頭蓋骨《ずがいこつ》の中に居座って存在を主張する。『彼』は基本的に目上の人間に対しては調子が良いし、同期に対してもまあ時々雪緒に対してそうだったように小馬鹿にしたようなことを言う程度だったので、特に問題もなく入社以来同僚として付き合ってきた。

だが彼に顎《あご》で使われたりことあるごとに説教を食らう後輩たちは苦労していたし、中でもひどい目に遭ったのが、『猪笹美月』だ。

雪緒はおにぎりの海苔《のり》の中に、猪笹のこざっぱりとした短い黒髪を幻視した気がした。ため息を飲み込むと、色々なことを一度に思い出してしまって止まっていた手を再び動かした。

きんぴらごぼう、と丁寧に筆ペンで書く。

それから一言添えて、シールをフィルムに貼った。

「前の同僚の方って、どんな人だったの？」

おにぎりを作り終えたユウがそう尋ねてきた。雪緒は彼と一緒におにぎりを袋に詰めながら話した。

「そうですね、仕事はできて……同期ですけど、向こうは院卒だったから年次は上で……後輩とかには、何かと……粗探しというか……まあ、一言文句を付けてくる人でした。今回もきっと――」

「何か、文句付けられちゃうかな？」

ユウは微笑んでいる。雪緒は『彼』を思い、眉間《みけん》に皺《しわ》を寄せた。

「おにぎりは美味《おい》しくても、何か言ってくるかもしれません。一人前になりたかったら手間暇惜しむなとかいうのが口癖で。電話かけてきてくださったお客様は、たぶん、私が辞めた後採用された人だと思うんで……余計気になってしまって」

「なるほど……」

雪緒が最後のおにぎりを袋に詰め終えた時、ユウが冷蔵庫のドアに手をかけて尋ねてきた。

「雪緒さんの元同僚のその人は、好物はあるのかな？」

「え？　ああ、やっぱりきんぴらごぼうですけど……なんか、歯ごたえのある物が好きみたいですよ。ガムもよく噛《か》んでましたね。私、隣の席だったんですけど、噛みしめる癖があったんじゃないかなって思うんです」

雪緒は、ふ、と笑って付け加えた。

「はじかみでも付けたらいいかもしれませんね」

焼き魚についてくる矢《や》生姜《しょうが》は食感が良くて、いかにも好みに合致しそうだ。

「はじかみはもう切らしてるけど……でも、そうだね、何か思いつくことはないかな？　すぐにご用意できるもので」

雪緒はぎょっとしてユウを見つめた。ユウは冷蔵庫に手をかけて、本気で雪緒の言葉を待っているようだ。

「わ……私が『彼』の機嫌を取るためにアイディア出しをするってことですか？」

「別にしなくてはいけないわけではないよ。ただ、雪緒さんは電話をかけてきたお客様のお力になりたいと言っていたので、それなら文句を付けられないように他にもやりたいことがあるかなと思っただけだよ」

ユウの言葉は間違っていない。中途半端なことをするよりは、徹底的にやって文句も出ないくらい『彼』を満足させれば、電話をかけてきた客の助けにもなるだろう。

それに抵抗があるのは、結果的に『彼』を喜ばせてしまうのが気に食わないからだ。

本来なら、雪緒は『彼』のために指一本でも動かしたくない。

それを曲げてあえて関わろうとしているのは、顔も知らない自分の後任のためだ。

雪緒は俯《うつむ》いて考えた。あまり時間はなかった。

「……わかりました」

中途半端は良くない。

それに、なんだかんだいって、今の『彼』はユウの弁当を食べる客の一人なのだ。

顔を上げて、ユウをまっすぐ見つめると、睨《にら》み付けるような具合になってしまった。別にユウが悪いわけではないのだが、そんな提案をしてきた彼に、少し苛立《いらだ》ちを感じてしまっていた。

「おにぎりに、付けて欲しいものがあります」

八つ当たりじみた苛立ちを向けられながらも、ユウは微笑んで、雪緒の言葉を待った。


住所を入力した外付けのカーナビがあっさりとナビゲーションを終了した。

碁盤の目に張り巡らされた通りには信号ごとに、たとえば南7西3というようなわかりやすい住所が掲げられている。よく知った場所ということもあり、別にわざわざナビを使うほどのこともなかったのだが、雪緒はなんとなく住所を入力していた。

たぶん、ナビに住所を入力する間だけでも到着を先延ばしにしたかったのだ。

ナビゲーションの終了を告げる音声を聞いた時、腹の底にどっしりと重しをされたように感じて、雪緒はそのことに気付いた。

駐禁ではない場所を確認して車を停め、保温バッグを手に取って外に出る。

目指すはビルの五階だ。

心持ち帽子を深めに被《かぶ》ってしまったが、せめて背筋はまっすぐ伸ばして、雪緒は雪解け水と雨の入り混じる水溜《みずたま》りを大股《おおまた》で越えた。

　このビルの三階から上には『HHシステムズ株式会社』が入っている。配達先として指定された五階ともなれば、まさに雪緒が秋の終わりまで所属していたシステム開発部が入っているフロアだ。

果たして、顔見知りに会わずに帰れるだろうか……。

　ぽんという音とともにエレベーターのドアが開いて、雪緒は見慣れたフロアにたどり着いた。

　システム開発部のドアを開けると、最初にパーテーションで区切られたスペースがあるため、視線は通らない。そのことにほっとしつつ、目立たないように室内に視線を走らせる。

　並ぶデスクには残業する社員の姿がちらほら見えるが、中でも、奥の第三開発グループはほとんどの人間が残っているのではないだろうか。かつては、まさにそこに雪緒のデスクもあったのだ。

　腹の底にあった重たい感覚は、今や胃をひっくり返すような不快感になっている。できるだけ自分の存在を消したい、気付かれたくない、という思いが溢《あふ》れて、雪緒は足が出ない。釘《くぎ》で足の甲を打ち付けたみたいだ。

　だが、こうして突っ立っていてもどうしようもない。

　雪緒が一歩踏み出した時、椅子に座っていた男性がのびをして、こちらを見た。かつて、彼のデスクは雪緒のデスクだった。目が合った——幸い、見知らぬ顔だ。

男性は口を動かした。あ、と言ったらしい。立ち上がって雪緒の方へやってくる。

撫《な》で肩で眼鏡をかけた、雪緒と同年代か少し下くらいの男性だ。仕事柄服装はかなり自由なのだが、襟付きシャツにジャケットという比較的かっちりとした恰好《かっこう》をしている。

そうか、彼は自分の後に補充された人員だ、と雪緒は悟った。

その時、第三開発グループのデスクから一人が立ち上がり、この男性に声をかけた。

「おい、粕井」

その短い呼びかけからだけでもわかる、攻撃的な言い方だ。その声も、顔も、雪緒は知っていた。一番会いたくない相手だった。

鷹森勝敏《たかもりかつとし》――『彼』だ。

暑がりな鷹森は、シャツの袖《そで》をまくり上げていた。学生時代レスリングをしていたという彼の腕は雪緒の一・五倍はありそうなくらい太い。背も雪緒より10センチ以上高い。

目鼻立ちははっきりして、整えられた眉《まゆ》の形にいかにも自信が漲《みなぎ》って見える。

少し前まで雪緒の同僚だった男性で、当たり前だがこの短期間で変わったところは見られない。毎日顔を合わせていた頃と変わらない仕草、声の張り、表情で、雪緒はこのオフィスで今も自分が働いているような錯覚を覚えた。

『きんぴらごぼうのおにぎり』は、この鷹森の好みだ。

鷹森がこちらを指差したので、雪緒はぎくりとして身を竦《すく》めたが、俯くことは避けた。

「なんで配達頼んだんだ？」

鷹森は、雪緒を指差し、粕井と呼んだ相手に向かってそう問いかけた。どうも、店の帽子を被った雪緒を、以前の同僚とは認識していないらしい。

「ああ、前から気になってたんです。くま弁っていうんですよ。配達もしてくれるって聞いてて、雨だったんで……」

「雨の中配達させるのだって大変だろ」

確かに雨の日は運転にも慎重にならざるを得ないし、憂鬱《ゆううつ》にはなるが、別に今日が特別大雨というわけでも台風が来ているわけでもない。どうせこちらは車なのだから、自分を理由に人を責めるのはやめてほしいのだが、相手が元同僚でもあり、雪緒は割って入ることを躊躇《ちゅうちょ》した。

はは、と粕井は垂れ目がちの目をいっそう下げて笑った。

「雨の中僕に買いに行かせようとしたの鷹森さんじゃないですかぁ」

柔らかな笑い方からして特に皮肉のつもりで言ったわけではないのかもしれないが、端で聞いていて雪緒ははらはらしていた。率直に言って、鷹森はそういう発言を笑って流せるタイプではない。

鷹森は醜悪なほど年長者ぶって、腰にそのごつい拳骨《げんこつ》を当てて言った。

「俺は別に自分が楽したいからおまえに頼んだんじゃないよ。おまえには一人前になって欲しいんだ。そのためには、楽な道を選んでたらダメだろ」

そして、滔々《とうとう》と自分がいかに粕井を気遣っているのかという話を始めるのだ。

ああ、本当に変わってないな、と雪緒は諦観《ていかん》と燻《くすぶ》る嫌悪感を抱き、立ち尽くしていた。

雪緒が辞める直前、鷹森は新しい案件のプロジェクトリーダーを任されて意気揚々と、常に自信に満ちていた。

彼はきっと、自分がセクハラをしているとか、パワハラをしているという自覚を、ついぞ持つことはなかったのだろう。

鷹森は、雪緒の後輩の女性、猪笹美月にボディタッチと終業後の執拗《しつよう》な私的な誘いを繰り返していた。それを雪緒から指摘されると、彼は困惑し、これは一方的な関係ではなく猪笹を励ますためにやったのだ、猪笹も嫌がってなどいなかったと主張した。それはその場しのぎの弁明ではなく、心からそう信じているらしかった。こいつはハラスメント教育で何を学んだのだと雪緒は愕然《がくぜん》としたものだった。

一頻《ひとしき》り自分に非がないこと、ただ入社して日の浅い粕井を気遣ってのことだというのを主張し終えた鷹森は、今度は粕井がまだ不慣れで大変なのはわかるが集中を欠いているのではないかということを、婉曲《えんきょく》に詰《なじ》り始めた。

粕井はちらちらと雪緒を見て申し訳なさそうにしており、とにかく一旦《いったん》話を切り上げて袋を受け取り、代金を支払わねばと考えているらしかった。

鷹森は、粕井を攻撃する材料として、また雨の中の配達のことを口にした。

「だいたい、こんな雨の中配達なんてさせて、かわいそうだろ。ほら、道だって滑るし、この人だってずぶ濡《ぬ》れだぞ」

雨といっても、濡れるのは車からこのビルのエントランスに入るまでの間だから、ずぶ濡れということはまったくなかったが、鷹森はろくに雪緒を見ていないのかそう言い切った。雪緒は耐えられず口を挟んだ。

「お気遣いありがたいんですが、車ですし、雨でもご注文いただいて大丈夫ですよ」

まさかこっちが原付で来ているとでも思っているのかと訝《いぶか》り、雪緒はそう言った。三輪の原付というイメージが強いピザ屋のデリバリーも、例年ならば五ヶ月ほど積雪がある北海道では軽自動車を使うことが多い。

「いやいや、そうは言ってもね……」

と鷹森は言いかけたが、ふと言葉を切って雪緒の顔をまじまじと見つめた。声を聞いて、顔を見て、さすがに気付いたらしい。

えっ、という高い声が鷹森から漏れた。

近くのデスクにいるの他の社員の何人かが、異変を感じてこちらを見た。

雪緒は俯《うつむ》いてしまいたくなるのを堪《こら》えた。堪えるために、どうしてそうしたくなるのか理由を考えた。勇んで会社を辞めて二ヶ月ほど経つのに今も求職活動中で臨時のバイトで糊口《ここう》をしのいでいるからか？　今履いている黒長靴があまりに無骨で、たとえ雨の日だろうと在籍中は一度も会社に履いてきたことがないような代物だからか？　後輩を守れず会社を辞めた雪緒が、同僚の前に再び姿をさらすことで、恥をさらしているような気持ちになるからか？

どれもたいしたことじゃない。

ただの雪緒の気の持ち方だ。

「久万さん？」

鷹森が期待の五倍くらいの声量で雪緒の名を呼んだ。第三開発グループどころか、フロア中《じゅう》に聞こえるような声だ。

「えっ、どうしたの？　転職？」

「先々月からバイトしてます」

日中は新しいプログラミング言語と資格試験の勉強をしていて、夜はここのバイトという生活だが、こと細かく彼に教える義理はない。

「おにぎり十一個お届けに上がりました。粕井様、ご確認ください」

「あ、はい。すみません、待たせてしまって」

粕井が袋を受け取って、懐から裸の五千円札を取り出した。たぶん、これで支払いをするようにと鷹森から渡されていたのだろう。

粕井は渡された釣りをそのまま鷹森に渡した。

「どうぞ」

鷹森はほとんど粕井を見ずに釣り銭を受け取った。彼はずっと雪緒を見ていた。

「ああ、いや、元気だったか、久万さん」

「はい」

「ほら、急に辞めたからどうしてたかなと心配してたんだ。元気ならいいけど、何か困ってることとかないの？　相談に乗れると思うよ」

猫撫《ねこな》で声というのだろうか、やけに優しい声だ。

鷹森という人間はこんな声を出していただろうかと考え、雪緒はそもそも自分はこの会社でどんな人間だったろうかと考えた。無愛想なりに、鷹森とも世間話をして、時々彼の言い方が鼻につくことがあってもあまり気にせず聞き流して、同僚としてそれなりの関係を築いていたと思うが、鷹森にこんなふうに話しかけられたことがあっただろうか。

……いや、そういえば他の人間、特に彼が目下と考える人間に対しては、彼はこういう声で話を誘ってはいなかっただろうか。

そう――たとえば、猪笹美月に対して。

『あの子は俺の気を引きたくてそう言っているんじゃないかな』

突然雪緒の頭に半年ほど前の鷹森の言葉が蘇《よみがえ》った。

彼がそう言った時の、心底困ったような微笑みも一緒に。

八月だったと思う。

冷房を切られた会議室は暑く、むっとする空気が籠《こ》もっていた。

雪緒は話の内容から窓を開けるのは控え、エアコンのスイッチを入れた。

少人数用の会議室には、雪緒と鷹森だけがいた。雪緒が個人的に話したいと彼を昼の休憩中に呼び出したのだ。

「昨夜の話なんだけど」

大柄な身体をポロシャツに包んだ鷹森は、エアコンの風を真っ正面に受ける壁際に立っていたが、雪緒にそう言われてきょとんとした顔をした。

「えっ、アレのこと？　もういいだろ、話は済んだんだから」

そう言いながら、ポケットから取り出したガムの包装を剥《は》いで、一枚口に放り込む。ミントの匂いのそれを頑丈な顎《あご》でゆっくりと嚙《か》む。

「あのあと猪笹さんに個人的に話聞いたら、お付き合いしているわけではないって言ってた。困ってるって」

雪緒はエアコンの隣の壁際に陣取って、長机を間に挟んで鷹森と対峙《たいじ》していた。エアコンの風が静かな音とともに室内の空気をかき回し、ストレートパーマをかけた雪緒の長い黒髪を撫《な》でた。今日の雪緒は濃紺色のカットソーに淡灰色のパンツ、オフィス履き用のサンダルという恰好《かっこう》だ。まろやかさや優しさを極力排除した服を選んだのは、時々あるのだが、目聡《めざと》い鷹森に『それいいね』などと話の腰を折られたくなかったからだ。

昨夜、雪緒は忘れ物を取りに遅い時間にオフィスに戻り、コピー機の前で猪笹の腰を抱く鷹森の姿を見た。二人の身体は隙間がないくらい密着していて、鷹森は猪笹の耳元に口を寄せていた。

　鷹森は雪緒の姿を見るとぱっと猪笹から離れた。普段晴れた札幌の五月のように爽《さわ》やかで快活な猪笹は引きつったような卑屈な微笑みをずっと顔に貼り付けていた。え、この人たち付き合ってるの、と雪緒は一瞬考え気まずくなったが、それにしては猪笹の表情が気になって言葉を失っていると、猪笹が笑ったまま顔を上げて言った。

　鷹森さん、ふざけてるんですよ、ひどいですよねー、と。あくまで明るく、笑い飛ばすような口調で。

　いやいや、ふざけて異性の後輩にあんなに密着したらダメだろう。

　ぎょっとする雪緒の前で、鷹森は、あはは、と悪びれずに笑った。猪笹さんこそひどい言い方だね、俺は励ましてたんだよ、と猫撫で声で言って、今日のようにガムを一枚取り出して噛み始めた。

　猪笹は帰り支度を始めて、雪緒の前から逃げるようにオフィスを出て行った。雪緒は思わず追いかけた。

　エントランスを出たところで、やっと猪笹は雪緒の呼びかけに応じて立ち止まった。

　街灯の下で、猪笹は白っぽい顔を雪緒に向けた。微笑みを貼り付けたまま、警戒するような目で雪緒をじっと見ている。蛾が街灯に体当たりを繰り返していた。

　雪緒はかけるべき言葉を必死に考え、絞り出した。

——私の勘違いならそれでいいんだけど、もし、辛《つら》いことを、辛くないって誤魔化してるのなら——

そこまで雪緒が言ったところで、突然猪笹の目から涙が溢《あふ》れた。笑みをその顔から消し去って、猪笹は口を歪《ゆが》め、そのアーモンド形の大きな目から涙を溢れさせるようにして泣いた。

入社してすぐに鷹森からの執拗《しつよう》なアプローチが始まって、ことあるごとに身体に触れられること、ふざけているのだと思って笑って受け流すようにしていたが、ひどくなるばかりで困っていること。最近は自分の態度が相手を勘違いさせているのかと思い、困っている、止めてくれと伝えるようにしているが、止めてくれないこと……。

猪笹は自分が女子校出身で、家族以外の男性に不慣れなことを気にしていた。こういう時どんな対応をするのがいいかわからず、不慣れな自分が悪かったのではないかとずっと自分を責めていた。

泣く猪笹から時間をかけて話を聞いた雪緒は、猪笹から頼まれたこともあり、まず鷹森と直接話すことにした。正直、雪緒としては、止めてくれと言っても止めない時点でもっと上役の人間に相談すべきだと思ったのだが、猪笹自身があまり事を大きくしたくないという意向を持っていたので、その頼みを聞き入れて、こうして鷹森一人を呼び出したのだ。

「付き合ってはいないけど、別に嫌がってないよ。困ってるなんて言われたことないし」

　鷹森が口を開くたびにミントの香りが漂っていた。

「猪笹さんは私には困ってるって言ってたし、鷹森さんにもそう伝えているけどわかってもらえなくて悩んでるって言ってたんだけど」

「猪笹さんも問い詰められて咄嗟《とっさ》にそういうこと言っちゃったんじゃないの？　ほら、昨夜の久万さん怖かったからさ。私は悪くないんですよーって」

「怖いって……」

「ちょっとふざけてただけなのにそんな顔で睨《にら》まれたら、猪笹さんだって怯《おび》えて言い訳しちゃうよ。それはしょうがないと思うから許してあげないと」

「よくそんなこと言えるね……」

　雪緒は感情を抑えようとしたが、怒りと呆《あき》れが滲《にじ》んでしまう。

「普通に考えて、異性の後輩にあんなことしたらダメでしょう。嫌がってないからいいとか、そんな話じゃないの。鷹森さん、猪笹さんより七つも年上の先輩社員なんだから、嫌でも強く言えないのは当たり前でしょう」

「じゃあ、本当にそう思ってるのなら、どうして本人が来ないの」

「本人も行きたいって言ってたけど体調崩して来られなくなったの」

　そう話しながら、誰か他の人にも相談すべきではないだろうかと雪緒は再び考えていた。鷹森は少し横柄なところはあるものの、日常接していてそこまで困った事態になったことがなかったので話せば通じると思っていたのだが、どうも彼の中では猪笹の拒絶の言葉も態度もすべてなかったことになっているらしい。

「久万さんはさ、俺と二人でいる時の猪笹さんのこと知らないからそう言うんだよ」

「いや、普通に猪笹さん泣いてたし、私からも鷹森さんに自分が嫌がってること伝えて欲しいって言ってたよ」

「あの子は俺の気を引きたくてそう言っているんじゃないかな」

鷹森は、少し笑ってそう言った。

雪緒は鷹森の笑顔を見て確信したのだが、たとえ猪笹同席で話し合いをして、猪笹がどんなに拒絶の意思を伝えたとしても、この鷹森は、「いやいや、隣の久万にそう言えって言われたんでしょ」というようなことを言って躱《かわ》そうとするだろう。仕事で接している限りはそこまで思い込みが激しいとも思われなかったのに、プライベートではどうしてここまで認知に歪みが生じてしまっているのか――。

昼休憩が終わるからと、鷹森はミントの匂いを残して会議室を出ていった。

頭を冷やしたくて、雪緒は鷹森が去ったあとも、しばらくの間エアコンの効いた室内に留《とど》まっていた。

こうなっては、猪笹が望むような鷹森を説得してセクハラをやめさせるという解決方法は無理かもしれない。何をしてもらえるかはわからないが、誰かに相談すべきだろう。問題は誰に相談するかだ。直属の上司の顔と労働組合の役員をしている同僚の顔を思い浮かべる。仕事の上では頼れる相手だとしても、入社数ヶ月の新入社員と真面目に勤続し実績も挙げている若手社員とのトラブルで、果たして彼らがどこまで力になってくれるかは不安があった。

かつて同僚だったが、今は違う。

雪緒は仕事で配達に来ている。鷹森は金を払っている。

その辺りの事情が、彼の態度に微妙な変化をもたらしているのだろうか。

「……お品物お揃いでしょうか」

雪緒の声を聞いて、粕井は慌てた様子で返事をした。

「はい、大丈夫です。ありがとうございます」

「ご注文ありがとうございました。失礼します」

雪緒は自分でもどうかと思うくらいに事務的に言い、頭を下げてオフィスを出ようとした。

「待ってよ、久万さん」

鷹森は雪緒を呼び止めその腕を掴《つか》んだ。太くて長い指が雪緒の手首に食い込む。その力の強さに雪緒はぎょっとして立ち竦《すく》み、鷹森を振り返った。

鷹森は、真面目な顔で雪緒を見下ろしていた。

「俺は真剣に久万さんのこと心配してんだよ。もしよかったらどこか仕事紹介できるかもしれないしさ」

「いえ、結構です。手を放してください」

「大丈夫なの？　困ってることあるでしょ？」

「手を放してください。痛いです」

雪緒は決然と顔を上げて言った。周囲の雰囲気が少しざわつき始めた。鷹森さん、と声をかける者もいたが、その声も、雪緒の拒絶の言葉も、彼は聞いていなかった。

鷹森は雪緒の方に顔を近づけて囁《ささや》くように言った。

「久万さんが辞める前は色々あったけど、それはもう水に流すからさ」

「……ハア？」

ど肝を抜かれて雪緒は思わず素《す》っ頓狂《とんきょう》な声を上げた。

「だからさ、ほら……猪笹さんのことだよ。久万さん、猪笹さんに色々吹き込まれて、俺たち大変だっただろ。課長まで巻き込んでさあ。久万さんは同情しちゃったんだろうし、猪笹さんは情緒不安定になっちゃってたから、ちょっと大げさに――」

「この話は何度もしたと思うけど」

自分の喉《のど》から出る声が自分の意図通りであるのか、変に高かったり脅すように低かったりはしないか意識しながら、雪緒は鷹森の目を見て語った。

「私は鷹森さんが猪笹さんにしたのはセクハラでパワハラだったと認識してる」

「ちょっと飲みに誘ったりしたくらいで――」

「飲みに誘っただけじゃない。もっとあからさまな場所に誘ってたし、身体にもあちこち触れてた。それは課長も交えた話し合いの時に鷹森さんも認めてたと思うけど？」

「…………」

雪緒は『もっとあからさまな場所』や『あちこち』について具体的には言わなかった。雪緒も鷹森も周りに聞かれたくはなかったから、声はお互い潜めていた。

それでも、彼らが顔を近づけて何の話をしているのか、察した者もいたかもしれない。猪笹は、ハラスメントの被害にあったことを周りに知られるのを恐れていて、雪緒も無関係の人間に話が漏れないよう気を配っていた。

だが、結局、猪笹が辞める頃には鷹森と彼女の間でトラブルがあったという噂が囁かれるようになっていた。具体的に何があったのかまでは知られていないが、猪笹と鷹森が上司に揃って呼び出されたり、猪笹が異動になったり、病気のため休職したり……という流れの中で、真実味のある話が囁かれるようになってしまった。

仲裁でもしようというのか、顔見知りの先輩社員が立ち上がって咳払《せきばら》いした。

「鷹森、ちょっと話が――」

だが、雪緒はまだ話を終わらせる気はなかった。

「私をこんなふうに引き留めたこと、今まで一度もなかった」

「何だって？」

「どんなに感情的になっていても、私の腕を掴んで無理やり引き留めるなんてしなかった。放してほしいっていってさっきから言っているのに放してくれないのはどうして？　それは、猪笹さんが嫌がってもあなたが彼女の身体に触れたことと同じ理由じゃないの？」

「なんのことだ」

鷹森は苛立《いらだ》っている。声に、表情に、それが滲んでいる。手首に食い込む指に力が入った。

そして何より、彼のそのいかにも頑丈そうな顎《あご》が奥歯を噛《か》みしめているのがわかった。噛みしめてばかりのこいつの歯を心配してやったこともあったのだと思うと、苛立ちは吐き気に変わりそうだった。

「私が同期入社の同僚ではなくなって、あなたにとって『目下』の人間になったから、当然私はあなたの言うことを聞くべきだって考えたんじゃないの？　だからこんなふうに無理やり引き留めても許されるって――」

「変なことを言わないでくれ！」

鷹森はそう怒鳴って雪緒の言葉を遮ると、雪緒の肩を強く押した。本人がどの程度の力加減のつもりだったかはわからないが、雪緒からするとそれはかなり強い力だった。突き飛ばされた雪緒は咄嗟《とっさ》に床に手をついたものの腰を強く打ち付けた。

呻《うめ》いて起き上がろうとすると、目の前に鷹森が立って雪緒を見下ろしていた。

「どうしてそんなこと言うんだ。そんなに大げさに転がって俺を悪者に――」

「鷹森、やめろ！」

先ほど彼を止めようとした先輩社員が鷹森と雪緒の間に割って入った。雪緒は尻餅《しりもち》をついた姿勢のままずるずると後ずさって距離を取った。

「いや、違います、そういうのじゃないんです」

鷹森はそんなふうに口走って、やたらと大丈夫ですと繰り返したが、周囲の視線を集めてしまったことに気付いてうろたえ、次第に小声になっていった。

「立てますか？」

雪緒に声をかけてくれたのは、粕井だった。眼鏡の奥からこちらを心配そうに覗《のぞ》き込んでいる。雪緒は頷《うなず》いて立ち上がった。打ち付けた腰は痛むが歩くことはできる。

「こっちに来い、話がある」

先輩社員が鷹森の肩に腕をかけて、雪緒から引き離そうとする。鷹森はその手を振り払った。

「あんただって今俺の肩に触っただろ！　同僚の身体に触れるくらい変なことじゃないのにどうして俺だけこんなふうに言われるんだよ！　後輩や店員相手にどうしてこっちが気を遣わなくちゃいけないんだ！」

「鷹森！」

鷹森は息を切らして周囲を見回した。非難の視線を感じたのか、ざわめきの中に何事か聞き取ったのか、彼は狼狽《ろうばい》している様子だった。

自分の味方や同調者が現れそうにないことを察して、彼は視線を落として先輩社員に謝った。

「すみません……」

雪緒は、自分に対するものでも、ましてや猪笹に対するものでもない謝罪を背中に聞きながら、オフィスから大股《おおまた》で去った。

雪緒は車に入ってドアを閉めるなり、シートに身を埋《うず》めて右手首を左手で抱えて呻いた。

「いったぁ……」

床について捻《ひね》った右手首は、少し腫《は》れているようにも見えた。

じんじんと脈動するかのように痛みが走り、特に手首を動かすと痛みは強くなった。

運転に支障はないだろうか。ギアやウィンカーの操作をする左手を怪我するよりはましかもしれないが、右もハンドルを動かそうとすれば力がかかる。操作を一通り確認し、なんとかあまり悪化させずに運転するやり方を工夫する。

エンジンをかける前に思い立って店に電話を入れた。配達を終えたこと、転んで手首を捻ったためこのまま直帰させてほしい旨を伝え、ＯＫをもらう。

これで、少し運転時間を減らせる。

息を整えて、キーを回す――いや、痛い痛い。手首を捻る仕草は痛い。センターキー仕様に変えておけば左で操作できたのになんてくだらないことを考えてしまう。

涙目になりながらも痛みを堪《こら》えて、雪緒はエンジンをかけた。

いつもの振動が身体を揺すぶる。

暖機運転は欠かせないのだが、今回は多少時間を取られたとはいえエンジンが冷えるほどではなく、すぐに発進させられた。

雪緒は駐停車可能な路地から幹線道路へ、ひとまずはスムーズに車を合流させた。

運転中は、手首に負担をかけないように、痛みのせいで注意が逸《そ》れて事故でも起こさないように、と気を遣っていたので、あまりオフィスでのことを思い返す余裕はなかった。

それでよかった。

鷹森のことなんか思い出したってどうにもならない。

半年前、雪緒は鷹森との二度目の話し合いの前に上司に相談したが、その時には鷹森から話を聞いていた上司はこの件を『男女関係のもつれ』と解釈し、そこからさらに色々あって、結局猪笹は別部署に異動になり、鷹森にはおとがめなしとなった。

数ヶ月に及ぶ話し合いの結果がそれだった。

猪笹は散々傷ついて出社できなくなって辞めた。

もっとやりようがあったのではないかと思う。相談する相手を間違えたのではないか、根回しが足りなかったのではないか、そもそも猪笹を助けようとしたことが傲慢《ごうまん》な思い上がりだったのではないか。

後悔は、今となっては遅すぎる。

「……くそっ！」

それでも、どうにもならない感情が腹の底で蠢《うごめ》いて、雪緒は思わず罵《ののし》り——その瞬間、黒い影がヘッドライトの光の中に飛び出してきた。

雪緒は咄嗟に思い切りブレーキを踏んだ。

黒っぽいドラッグストアのレジ袋が、風に煽《あお》られて街灯の方へ飛んで行った。

雪緒はばくばくいう心臓を胸の上から押さえて、長く息を吐いた。

猫か何かかと思った。

水と氷でタイヤが滑ってひやっとしたが、雪山をほんの少し擦《こす》っただけで済んだ。

張り詰めていた息を吐いて、思わずハンドルにもたれかかると、突然助手席側の窓をこんこんと叩《たた》かれた。

「えっ……」

驚いて顔を上げると、車体のすぐそばに、傘を差した女性が立っていた。

誰だ、まさかぶつかったのかと、肝を冷やしながらドアを開けて飛び出すと、女性はかがめていた身体をまっすぐに伸ばし、雪緒を見た。

ようやく、街灯に照らされた彼女の顔が見えた。

「あっ……黒川さん」

芸名白鳥あまね、本名黒川茜。週に何度も雪緒が弁当を届けている、くま弁の常連だ。

「えっ、まさかぶつけましたか⁉」

「私に？　雪緒さんが？　違うけど……」

彼女に雪緒さんと呼ばれると、ユウたちに呼ばれるのとは違う、むずがゆさを感じる。熊野とも知り合いだという茜は、雪緒のことを最近は名前にさん付けで呼ぶ。久万さん、だと誰のことかわからなくなると言って。

「そうじゃなくて、大丈夫かなって。見たことある車だなって思ってたら、いきなりブレーキ踏むんだもん。びっくりして……それで覗いたら、やっぱり雪緒さんだったから」

茜は話しながら、雪緒に傘を差し掛けた。雨はまだ降っているのだ。雪緒は濡《ぬ》れた髪から顔に水滴が滴っていることにようやく気付いた。

「ああ、あの、猫が飛び出してきたかと……思ったんです……」

重くなった髪をかき上げてそう説明した。最後のストレートパーマは随分前で、かなり生来の癖が出てきてしまっている。特に濡れると顕著で、毛先に波状の緩いうねりが現れる。

「……実際は、猫ではなかったんですが」

「猫もこの天気じゃ屋根のあるところに籠《こ》もってるんじゃない？　そこのガレージにも野良が住み着いているし……それより、雪緒さんは大丈夫？」

「はい……」

「……本当に？」

幾分疑わしげに茜は雪緒を無遠慮に見つめている。

　雪緒が思わず右手首を庇《かば》うような仕草をしたことに、茜が目聡《めざと》く気付いた。

「腕どうかしたの？」

「あの……手首を捻ってしまって」

「えっ」

「今やったわけじゃないです。転んだ時に手首をついてしまって……」

　茜は雪緒の手首を見て顔をしかめた。

「運転できるの？　無理よね？　さっきだって危なっかしかったし」

「いえ、すぐですので……気をつけますし」

「店よりうちの方が近いと思うけど」

「うち？　ああ、はい、もう自宅に直帰するので……」

「でも私のうちの方が絶対近いでしょう。目の前にあるじゃない」

　茜はガードレールの向こうを指差した。

　まさに、雪緒は茜のマンションの目と鼻の先にいた。茶と白のツートンカラーの外壁が雨に煙《けぶ》る十階建てのマンションが、ぬっと闇の中にそびえていた。

「車動かせる？　ここ、出入り口だから。駐車場入れていいから」

「えっ、はい……はい？」

　茜は雪緒を押し込むようにして運転席に座らせた。

「一番奥が空いてるからね」

そう言ってドアを閉めると、先導しようというのか駐車場に先に入っていった。

ワンルームの部屋は広めだったが家具は最小限で、手前にキッチン、奥にベッド、その真ん中にローテーブル、あとはＤＶＤや雑誌、化粧品が少し入ったカラーボックスが一つあるくらいだ。

部屋に通された雪緒がかしこまって正座していると、茜はすぐに冷凍庫から保冷剤を持ってきて、それをハンカチでくるんで雪緒の手首に当ててくれた。

「とりあえず冷やさないと。自分でできる？　私コーヒー淹《い》れて……それとも紅茶にする？　ティーバッグしかないけど」

「いえ、あの、本当に……お構いなく……」

言いかけた時、ぐううう、という音が響いた。

茜が気まずそうな顔をしている。

その顔を見て雪緒は察した。茜の腹が鳴ったのだ。

「……ごはんこれからだったから……雪緒さんは？」

「あ、そういえば私もです。いつも店で食べさせてもらうんですけど、今日はお店忙しそうだったので断ってて……」

「いつもくま弁で食べさせてもらってるの？　何よそれうらやましい……」

茜は立ち上がってキッチンに向かった。

「じゃあ、うどんでいい？」

「えっ？」

「うどん。他に買い置きないから、二人分作れるのうどんしかないの」

そう言いながら、もう冷凍庫から凍ったうどんを取り出している。

「いえ、あの、お構いなく」

「客の前で私だけ食べるわけにいかないでしょ！　雪緒さんはさっさと冷やして！」

「はいっ」

　雪緒は言われた通り、ハンカチで包んだ保冷剤を手首に当てた。きんと冷たく硬い感触に顔をしかめてしまうが、冷やすと痛みは楽になる。最初から冷やすべきだったのだろう。

「ありがとうございます」

　キッチンに立つ茜は、はいはいと背中を向けたまま答えて、電気ケトルで沸騰させた湯を鍋《なべ》に入れ、冷凍のうどんを茹《ゆ》で始めた。

　雪緒がしばらく黙って手首を冷やしていると、茜がどんぶりを熱そうに持って戻ってきて、ローテーブルに置いた。

「ありがとうございます……」

　どんぶりには、湯気を上げるうどんとつゆの他には、とろろ昆布だけが盛られている。とろろ昆布はたっぷりてんこ盛りで、つゆを吸った部分は重くとろりとして、乾いた部分はふわふわと湯気に揺れていた。

「……他に具になりそうなものなかったんだからしょうがないでしょ！」

「何も言ってませんよ!?」

茜は今度は片手鍋を持ってきて、鍋敷きを敷いてからローテーブルに置いた。鍋の中にはうどんとつゆととろろ昆布が入っている。

「どんぶりが一つしかないの！」

少し恥ずかしそうに茜は言った。どうやら、鍋のまま食べるつもりらしい。雪緒は自分がそちらで食べると言ったのだが、客にそんなことさせられないと茜は突っぱねた。

茜は少し柔らかくなった保冷剤を雪緒の手首に巻き付けるようにして、その上からハンカチを巻いて固定してくれた。

「食べてる時くらいはこれで保《も》つでしょ。箸《はし》は持てる？　フォークにした方がいい？」

「ああ……フォークもらえますか？　すみません」

「いいのよ、右手動かすの痛いんでしょ」

茜は雪緒にフォークを持ってきてくれた。

「いただきます」

手を合わせて、やはり右は動かしたくなかったので左手に持ったフォークでうどんをすくって口に運ぶ。口の中で変に躍るうどんも、つゆで熱されたフォークも熱くて、上《うわ》顎《あご》や舌を火傷《やけど》しそうになる。うどんが喉《のど》から身体の奥へ落ちていく。雪緒のお腹の中でもまだ熱を放っている。手首を冷やすことで冷えていた身体が、奥から温められていく。つゆを吸ったとろろ昆布をうどんと一緒に啜《すす》ると、いっそう食が進んだ。ぬめりのおかげでうどんがつるつる口に入っていくのだ。

はあ、と雪緒は心地よいため息を吐いた。

「美味《おい》しいです」

「……ありがと」

ふうふうと息を吹きかけながら、茜もうどんを啜っている。うどんの熱さのおかげか、血色が良かった。きっと雪緒も同じだろう。

空腹もあって、二人ともあっという間に食べ終えてしまった。

「ごちそうさまでした」

雪緒が手を合わせてそう言うと、茜は丁寧に口元を拭《ぬぐ》って言った。

「片付けはいいからね。けがは大丈夫？　車置いてタクシーで帰る？」

「たぶん、大丈夫だと思います。あの、もう少し冷やしていきたいんですけど、いいですか？」

「それはいいけど、無理して運転することないんだからね」

「はい……」

雪緒は少し手首を動かしてみた。痛みは多少あるが、先ほどよりはかなりましになった。

「ありがとうございます。部屋に上げてくださって、保冷剤も貸していただいて、ごちそうにもなってしまって」

「改まることないから。でも、どうしたの？　外で滑ったってわけじゃないんでしょ、それ濡《ぬ》れてないし」

　それというのは雪緒の穿《は》いているスラックスのことだろう。黒いスラックスは冬用の暖かな裏地がついているもので、確かに多少水滴はついているものの、尻餅《しりもち》をついたような濡れ方はしていない。

「あー……屋内で転んだんです」

「何もないところで？」

「………」

　そうです、何もないところで、と言って誤魔化せばよかったのだが、何しろこうして家に上げて手当してうどんまで食べさせてくれた相手に嘘を吐いて誤魔化すというのは気が引けて、雪緒は何も言えなくなってしまった。

　茜は勘良く気付いて膝《ひざ》でにじり寄ってきた。

「ちょっと、まさかと思うけど、客とトラブルでもあったの？」

「えーとですね……」

　雪緒はしばらく悩んだ末に、ため息を吐いた。

「実は、今日の最後のお届け先、私が前に働いていた会社だったんです。辞める前にトラブルがあって、その当人と顔を合わせてしまったんですが、色々あって……」

「じゃあ、そいつともみ合ったか突き飛ばされたかしたってこと？」

「…………よくわかりますね」

「手を出したんだから、そいつの負けね。さ、写真撮らなくちゃ」

「写真？」

聞き返す雪緒に、茜は呆《あき》れ顔で言い放った。

「決まってるじゃない。警察に相談する時とか被害届出す時とかに必要になるでしょ。あと診断書もね」

「!? いやっ、それほどでは……」

「何よ、泣き寝入り？」

「いや……私も結構……」

「えっ、まさかやり返したの？」

「そういうんじゃないですけど。うーん……」

　雪緒は自分が鷹森に何を言ったかを思い返していた。推量に過ぎないことを公衆の面前でかなり断定的に言ってはいなかっただろうか。鷹森のように力に訴えるのは問題外だが、それにしても何を言ってもいいというわけではない。

　痛みはまだあるが、たぶん腫《は》れは引いてきている……このけがについて、雪緒は鷹森にそこまで強い処罰感情を持っているわけではない。というのは、おそらく自分よりもひどい目に遭った人間がいて、もしこれが事件になれば、彼女にも迷惑をかけることになるのではないかと危惧《きぐ》しているからだ。雪緒に巻き込むつもりがなくとも、追い込まれた鷹森が雪緒を恨むと同時に猪笹のことも憎く思い、彼女に何らかの害意を持つ可能性もある。勿論《もちろん》、そんなことを言ったら何もできないのだが、少なくとも、今は自分より猪笹のことを第一に考えたかった。

「……まあ、病院は行くのよ。骨折とかしてたらしばらく働けないんだし。もしその気があるなら弁護士紹介するからね」

　自分より何歳も下の茜が、自分より遥《はる》かに世慣れたことを言う。

　雪緒は感心して、惚《ほ》れ惚《ぼ》れと茜の顔を眺めた。

「黒川さん、すごいですね。しっかりしてる」

「あなたがぼんやりしてるんじゃないの……？」

　茜は呆れ顔で言ったが、ふと、何やら眉間《みけん》に力を入れた難しい顔をした。

「何かありましたか？」

「黒川さんって呼ばれると、店だとほぼうちの父のことを指すと思うのよ。うちの父、あの店の常連だから」

「あー、はい」

　雪緒は黒川さんと呼ばれている男性客を思い出した。確かに、雪緒も何度か顔を見たことくらいはある。

「だからね、私のこと、ユウ君とか千春さんとかみたいに、名前で呼んでいいから」

「………ああ！」

なるほど、そういえばユウも千春も彼女のことを下の名前で呼んでいた。

雪緒は少し緊張し、慎重に名前を舌の上に載せてみた。

「茜さん……」

「うん、そんな感じ」

茜は一瞬はにかむような笑みを見せたが、すぐに真面目な顔になってスマートフォンを取り出して、さ、撮るわよ、と雪緒の手首にカメラのレンズを向けた。

先輩社員の訓辞から解放された鷹森が自分の課に戻ると、同僚たちは何事か楽しそうに話していた。

鷹森が戻ってきたのを見るとどこか気まずそうに自分の席に戻っていったが、隣の席の粕井は鷹森に袋を差し出してきた。

くま弁という文字と、熊のイラストがプリントされている袋だ。

「これ、鷹森さんの分ですよ」

「……ああ」

粕井が注文し、久万雪緒が配達したおにぎりだ。

鷹森は袋を受け取ったが、食べる気にもなれずにデスクそばのゴミ箱にそのまま捨てようかと思った。

だが、粕井の目の前で捨てるのもあまりに大人げないと見なされそうで、堪《こら》えて袋からおにぎりを摑《つか》み出した。

フィルムで包まれたおにぎりは大ぶりで、海苔《のり》で覆われていた。湿った海苔が好きではない鷹森は舌打ちしそうだった。どこまでも腹立たしい。

だが、乱暴にフィルムを剝《は》がそうとして、フィルムを留めるシールの存在に気付いた。

シールには、手書きの文字で、「きんぴらごぼう」と書いてある。

そして、そこには同じ筆跡で、「夜遅くまでお疲れ様です」と少し小さな文字の連なりが続いている。

留め撥《は》ねのしっかりした、几帳面《きちょうめん》な筆跡には見覚えがあった。

しばらくその文字を見つめていたが、我に返って隣の席を見ると、粕井が鷹森を見ていた。

「なんだよ」

「それ、全部のおにぎりに書いてあったんですよ。丁寧な仕事する人なんですね。ここにいた時からそうだったって、みんな言ってました」

鷹森がいない間に、おにぎりのシールに気付いて久万雪緒の話題で盛り上がったのだろう。鷹森が戻ってきた時に気まずそうに散っていったのは、そのせいだ。

「そうかもな」

「きんぴらのおにぎりって変わってますよね」

「何が」

「いや、鷹森さん、いつも俺に買いに行かせる時きんぴらのおにぎりって言うでしょう。コンビニにはあんまりなくて、俺駅前のおにぎり専門店まで買いに走ってたんです。だから、今回もきんぴらのおにぎりありますかって訊《き》いて注文したんですよ」

「ああ？」

確かに、鷹森は、昼の休憩時間にコンビニへ行く粕井に、金を託して弁当を買ってきてもらうことがある。そういう時、必ず、きんぴらのおにぎりを買ってきてほしいと注文する。

今回は、納入後のシステムに問題が見つかり、差し戻されてきたそれの修正でチーム全体がかなり遅くまで残ることになってしまい、鷹森が金を出して全員分の夜食をコンビニで買ってくるよう粕井に頼んだ。カップ麺《めん》や菓子などの個人の備蓄も納期前に食べ尽くして補充していないという者が何人かいて、買い出しをしないことには空腹のままかなり遅くまで作業する羽目になりそうだった。

確かに鷹森はきんぴらおにぎりが好きだが、だからなんだというのか。苛立《いらだ》ちのまま乱暴にフィルムを剥がした。シールがびりびりと破れた。

「だから、このオフィスから注文の電話受けて、きんぴらのおにぎりって言われた時、先輩のことが頭を過《よ》ぎったかもしれないですね。あっ、この好みは鷹森さんじゃないかって」

「…………？」

「鷹森さん、さっきの人とトラブルあったんでしょう？」

柏井はいつものようににこにこと――いや、へらへらと笑っていた。

「そのおにぎり、変なもの入ってないといいですね」

「…………は？」

鷹森は柏井の言わんとするところを理解して、ぎょっとしておにぎりを見下ろした。

その時、向かいの席にいる同僚も話に入ってきた。

「久万さんが変なもの入れるって？　久万さんはそんな人じゃないし、鷹森さんもそんなしょうもない心配するような人じゃないよ。ねえ鷹森さん！」

鷹森は思わずおにぎりを取り落としそうになった。

「あっ、ああ」

声が上擦ってしまった。

視線が気になる――柏井以外の同僚からも、視線を集めている気がする。

鷹森は、あからさまにびくついていると思われたくなかったが、おにぎりを前にして一瞬躊躇《ちゅうちょ》してしまう。

だが、粕井が何か言おうとする気配があったので、その発言を制するように、勢いよく、大きな口を開けておにぎりに齧《かじ》りついた。

ちょうど良い力加減で握ったのか、持っていて崩れることはないのに、口の中ではすぐにほろっと崩れて米の一粒一粒を感じられた。鷹森は米にはうるさいが、これは文句の付けようがなかった。さすがに時間が経っているため冷めているのだが、もっちりとして、噛《か》むと甘みも十分ある。ほどよい塩っ気がごはんの甘みを引き立て、さらに湿っているが風味の良い海苔の香りが鼻から抜ける。それだけでも美味《おい》しいのだが、その上きんぴらだ。歯ごたえの良いゴボウとにんじんのきんぴらが、一口目からちゃんと入っている。汁気が飛ぶまで煮詰めたのか、それとも汁気をきちんと切ったのか、きんぴらの汁気でごはんがびしゃびしゃになっているということはない。想像していたものよりやや甘めの甘辛い味付けだが、素材の風味もしっかり感じられてこれはこれで良い。

良い——いや、美味《うま》い。

鷹森は気付くと二口目も食べていた。美味いなこれ、と思わず口に出す。

妙な声が聞こえたので粕井を見やると、彼は肩を震わせて笑いを堪えていたが、どうやら堪えきれずに、ぐふ……と気持ち悪い声を漏らしていた。

「なんだよ」

「なん……でもないです。変なもの入ってなくて良かったですね」

「当たり前だろ。そんなの入れる人間じゃない」

鷹森はそう言ったが、実際のところはヒヤヒヤしていたのを忘れたわけではなかった。

ただ、思い返してみれば、まあくそ真面目な久万がそんなことするわけがないというのはその通りで、完全に杞憂《きゆう》ではあったのだ。

「だいたい、変なものってなんだよ」

「そうですね、激辛の何かとか？」

「はっ、くだらねえな。ガキじゃあるまいし、まっとうな社会人なら当然……」

「だって俺なら入れてますからね、鷹森さんのおにぎりに変なもの」

ぶふっ、と話を聞いていたらしい向かいの椅子に座る同僚が噴き出すように笑った。

ぎょっとして自分を見つめる鷹森を見返し、粕井は食えない笑いを浮かべた。

「冗談ですよ？」

「おま……おまえ……」

鷹森は思わず奥歯をぎりっと噛みしめ、低い声を出した。

「粕井！　おまえさっきから……！」

だが、粕井はどこ吹く風だ。

「鷹森さん、こっちも美味しいですよ」

そう言う粕井は小さな容器を持っている。タルタルソースなどを入れておくようなプラスチックの入れ物で、そこに入っているのは沢庵《たくあん》漬けのようだった。黄色く染まっているが、発色は鮮やかではない。沢庵が黄色いのは大根の辛み成分のせいだと聞いたことがある。容器はおにぎりと同じ数だけ、つまり一人に一つ用意されているようだ。

「おまえっ、人の話を聞け！」

そう怒鳴った直後に鼻先に沢庵の容器を突き出されて、強い匂いにむせた。

「まあまあ、食べてみてくださいよ。これさっき渡し忘れてたんで、鷹森さんの分です」

その言葉に、向かいの席の同僚も頷《うなず》いた。

「そうそう、美味しいよ。鷹森さんの好きな味だって。しょっぱくて、ぼりぼり食べられて。疲れてるといいよね、お漬物の塩っ気がさ」

同僚からもそう言われてそれ以上断り続けることもできず、鷹森は渋々容器を受け取った。食べる前に、まず文句を言う。

「オフィスに持ってくるならもう少し匂いが控えめの方がいいだろ！　そういうとこ、気が利かないんだよなあ、あいつは！」

「これ、自家製みたいですよ。きっと昔ながらの作り方で作ってるんですよ」

「昔ながらの作り方が必ずしも正しいわけじゃないだろ」

「鷹森さん、前に着色した沢庵なんて許せないって言ってたじゃないですか。これは着色料も使ってないって書いてありますよ」

「書いてあるって何に……」

粕井は、はがき大くらいの和紙を見せてきた。

「これ、入ってたんです」

見覚えのある几帳面な字で、文章が綴《つづ》られている。

――自家製たくあんはサービスです。着色料等は使わず、手間暇惜しまず作りました。是非おにぎりと一緒にご笑味ください。

「楽するな、手間暇惜しむな……が鷹森さんの口癖じゃないですか」

粕井はへらへら笑ってそう言う。鷹森は言葉に詰まった。悔しさから唸《うな》り声を上げそうになるのを堪《こら》える。手間暇惜しまず、というフレーズに、久万雪緒の悪意が感じられた。鷹森の口癖を、当然久万も知っているのだ。

腹が立ったが、周囲の注目を浴びているのは感じていた。ここで食べなければ、普段の自分の言動はなんだったのかという話になってしまう。

鷹森は、渋々指で摘《つ》まんで沢庵を一枚食べた。

塩辛く、歯ごたえよく、沢庵らしい匂いがぷんぷんと香る。

「美味いですよね～」

「………」

粕井をぎろっと睨《にら》み付ける。それでも口に入れた物を咀嚼《そしやく》し終えて飲み込むまでは口を開かない程度の理性はあった。なんて言ってやろうかと考え、思いついた言葉を色々に捏《こ》ね繰り返しながら、彼は沢庵をボリボリと嚙む。歯ごたえが心地よい。塩辛いが、それが美味いと感じるのは疲れているからだろう。おにぎりも一口食べる。握りしめていたせいで少し形が崩れたが、沢庵とおにぎりがよく合う。

また一枚沢庵を口に放り込む——その時には、自分が粕井になんと言おうと思っていたかなんて忘れていた。無心に口を動かし、歯ごたえを楽しむ。いつまでも食べていたいものだなと思いながら、結局沢庵もおにぎりも食べ終えてしまった。

見ると周りも食べ終えていて、銘々お茶やコーヒーを飲みながら、仕事を再開しようとしていた。

「…………」

鷹森も何か飲みたくなって席を立ち、自販機で紙コップのコーヒーを買って席に戻った。

ちらりと横を見ると、粕井は機嫌良さそうにパソコンに向かっている。

チーム内の雰囲気を鷹森は感じ取っていた。久万雪緒を突き飛ばしたことで彼を非難する空気ができている。その彼がこうして何歳も下で経験も浅い粕井にからかわれ、やり込められて、皆溜飲《りゅういん》を下げている。

その空気を感じた鷹森の苛立《いらだ》ちは極限まで膨れ上がっていたのに、結局爆発せずこうして食後にコーヒーを飲んでいる。空腹を満たされて、しかも味も好みで、食べているうちに、頭が冷静になってしまった。

落ち着いてみると、文句の付けようがなかった。

手間暇惜しまずという文面だって、本当のことだろうというのは食べればわかった。

悪意も——たぶん、まあ、込められていると鷹森は感じているが、それはそれとして、彼女は一人の客として、人間としての鷹森を気遣ってくれたように感じられた。沢庵は鷹森の好みだったし、おにぎりとの組み合わせも最高だ。デスクの上に放り出したままのシールには、労《いたわ》りの言葉も書かれている。

そんな人間としての善意——あるいは仕事への責任感を見せつけられてしまっては、文句の付けようがない。

何も言い返せない。手も足も出ない。つまりそういうことだ。

鷹森は、それくらいコテンパンに久万雪緒にやり込められたのだ。

奥歯を噛《か》みしめすぎて、顎《あご》が痛くなってきた。

以前一度だけ、隣席だった久万からガムを差し出されたことを思い出した。ミントの匂いのするガムで、すぐに歯を噛みしめる癖がある鷹森に、ガムでも噛んでた方がいいよと言ってパッケージごと差し入れてくれたのだ。

鷹森はデスクの引き出しを開けた。数冊のファイルの奥に、一枚だけ残ったガムが落ちている。もらってしばらくの間はポケットに入れて思い出したように噛んでいたが、最後の一枚になった時には彼女は退職していたため、なんとなくその思い出ごと引き出しの中に放り込んでいたのだった。

そこにそれがあることを、彼は一応覚えていたが、日常的にはほとんど忘れかけていた。

そのガムを、拾い上げた。

このガムも、あの沢庵も、いかにも久万雪緒らしい感じがした。

久万は、そういう人間なのだ。

とはいえ、前の夏にもらったガムを食べる気にはもはやなれず、再び引き出しの奥に放り込んだ。

「くそっ」

口の中で罵《ののし》ると、紙コップを握りしめてゴミ箱に放り込み、すっかりスリープモードになっていたパソコンに向き直った。


一晩経つと、手首の腫《は》れは引いていた。

痛みも動かすと痛い程度、それも昨夜よりはよくなっているようだ。念のため病院にも行ったが、骨に異常はないということだった。

病院に行ったあと念のためユウらには報告したものの、折好《おりよ》く定休日で、一日休養すると、もう運転で苦労することはなかった。

それでもくれぐれも無理をしないよう、痛みがあれば休んでいいと言われた。

いつも通り主に個人宅への配達を繰り返し、問題なく業務を終えられそうだな、という頃、店に戻った雪緒は裏口のところで千春に出くわした。

「ちょうどよかった。お店に、雪緒さんに会いに来た人がいて……」

「えっ？」

「この前注文してくれた人。ほら、えっと……粕井様。待ってもらうことになると思ったから休憩室にお通ししたけど、よかったかな？」

ユウと千春には、オフィスでトラブルがあったことは話していない。ただ、転んで手首を捻《ひね》ったとだけ伝えてある。雪緒は鷹森ではなかったことに多少安堵《あんど》したが、それでも何の用かと訝《いぶか》しく思いながら、失礼しますと声をかけて、休憩室の襖《ふすま》を開けた。

膝立《ひざだ》ちで飾り棚の木彫りの熊をしげしげと見ていた粕井は、雪緒を見て慌てて立ち上がった。会社帰りらしく、ツイードのジャケットを着ていた。

「あっ、すみません……あの、私先日注文させていただきました、粕井と申します」

「はい、存じております。お待たせして申し訳ありません。久万です」

雪緒は立ち上がった粕井に座布団を勧め、自分もその向かいに正座した。

「おけがはどうですか？」

「たいしたことはありません。それで、今日はどのようなご用件でしょうか」

幾分声が硬くなってしまうのは仕方ない。運転中ほとんど気にならなかった手首の捻《ねん》挫《ざ》を妙に意識してしまう。

「ちょっとお伺いしたいことがありまして……これなんですが」

そう言って、粕井はジャケットの内ポケットから手帳を取り出し、開いたページを雪緒に見せた。

罫線《けいせん》が引かれたメモ用紙に、シールが貼ってある。シールには「山わさび」の文字。その下に、「お仕事お疲れ様です」と小さめの字で書いてある。

「おにぎりに貼ってあったシールです。山わさび好きなんで、真っ先に私が取りました」

「はあ……」

「これ、全部のおにぎりに書いてましたけど、久万さんの字だってみんな言うんです」

「確かに、これは私が書きましたが」

「そうなんですね！　みんな喜んでましたよ。なんていうのかな、ちょっとほっとしたっていうか、ほろっときたっていうか。手書きで、わざわざ気遣って書いてくれてる人がいるって思うと、嬉《うれ》しくなっちゃいますね。勿論《もちろん》、私も嬉しかったんです。ありがとうございます」

「いえ、そんな……」

「これ、きんぴらのやつにも書いてありましたよね。鷹森さんが食べたんですけど。鷹森さん、変な顔してましたよ。あの人でも、何か思うところはあったんですかね」

雪緒が知る鷹森は到底反省しそうな人間ではなかったので、「思うところはあった」なんて言われてもにわかには信じられなかった。

「きんぴらおにぎり、鷹森さんの注文だってわかってて、書いたんですか？」

急にそう問われて、雪緒はどきりとした。

粕井は少し悪戯《いたずら》っぽい笑みを浮かべ、興味深そうに雪緒を見つめている。

雪緒は頷《うなず》いた。

「……はい」

「会社辞める前にトラブルがあったって聞きましたけど、ああいうの書くの、抵抗なかったんですか？　沢庵《たくあん》も、鷹森さんの好みでしたし」

「………お客様ですから、美味《おい》しいと思ってもらえるように努めただけです。沢庵は、鷹森さんもそうかもしれませんけど、疲れている時はああいうのもいいかなと思ったのと……あと、お客様が困らないかなと思ったので」

「？」

「粕井様のことですよ」

「……えっ？」

雪緒の発言があまりに想定外のものだったのか、粕井は随分驚いていた。

「鷹森さんの性格はわかってましたから、難癖を付けてくるだろうと……味が薄いとか、私のことで文句を言うとか。それで非難されるのは、私ではなくてそばにいる粕井様だと思ったんです。ですから、何か、気を引けるものをと。鷹森さん、歯ごたえのあるものが好きで……イライラしてる時は、よくガム噛んでました。こう……緊張したり、ストレスがかかると、歯を噛みしめる癖があるんじゃないかなと思います」

「…………あっ、言われてみれば！」

「沢庵なら、おにぎりとの相性もいいですし」

「そっかあ。鷹森さん、文句言いたそうでしたけど、結局沢庵食べ終わったらなんかおとなしくなってて。気勢が殺《そ》がれたって感じでした。沢庵のおかげだったんですね。確かに、あの沢庵とおにぎりの組み合わせは最高でした！」

「ありがとうございます」

「こちらこそ、ありがとうございました」

粕井は再び雪緒に礼を言い、丁寧に頭を下げてくれた。雪緒は慌てて自分も頭を下げ――その時雪緒の頭に一つの可能性が閃《ひらめ》いた。

はっと息を呑《の》み、顔を上げる。

「あの……私、被害届とか出さないですよ!?」

「はい？」

「え、その……鷹森さんに頼まれていらっしゃったのでは？　私が訴えないかと心配してるとか……そういうのは……」

「ああ、別に私としては被害届でもなんでも出してくださって構いませんよ」

「あ、いえ、出す予定はないんですが……幸い、骨折とかもなくて……」

「そうなんですか。でも、せっかくなので鷹森さんには骨折してたって伝えておきますよ。少しは事の重大さに怯《おび》えておとなしくなるかもしれませんし」

粕井はそう言って、はは、と朗らかに笑った。

オフィスで見た時はもう少し従順そうにも見えたのだが、思い返してみれば鷹森に対しても結構挑発的な発言をしていた……優しげな笑顔とともに言っていたこともあり雪緒は皮肉とは受け取らなかったが、普通に皮肉だったのかもしれないという気がしてきた。

「でも実際、鷹森さん、あれから少しおとなしいんですよ」

「はあ……」

「たぶん、久万さんとのトラブルが知れ渡って、前のことも含めて社内で色々噂されているからじゃないですかね。おかげで私も楽ですね。仕事以外の話をほとんどしなくなって、その仕事の話も前は延々脱線して説教食らったりしてたんですけどそういうのもなくなって、随分やりやすくなりましたよ」

「よ……良かったですね」

なんと言うべきかわからずそう相槌《あいづち》を打つと、ぱっと粕井は弾《はじ》けるような笑顔になった。

「おかげさまで飯が美味《うま》いんですよ！」

つられて雪緒も噴き出すように笑ってしまった。

「それは何よりです」

「まあ、いつまで鷹森さんがおとなしいかわかりませんけど、こっちとしては入ってすぐ辞めたくないんで、当分しがみつきますよ」

　ふと粕井は雪緒を見つめた。垂れ目がちの、少し腫れぼったい二重の目が、興味深げに微笑んで雪緒を見ている。

「久万さんは、どうしてあの会社辞めたんですか？　新規プロジェクト任されるところだったって聞きましたよ」

「え……」

　何の目的でそんなことを訊《き》かれているのかわからず答えるのに躊躇《ちゅうちょ》したが、別に彼の目的がなんであれ、知られて困る話でもない。

「私は、会社が嫌になったとかではなくて……たぶん、自分自身が嫌になったんです。たまたま、ある後輩のサポートをするようになったんですけど、結局助けられなくて。むしろ、私が焚《た》き付けたせいで却《かえ》って彼女を不利な立場に追い込んだんじゃないかってしょっちゅう思い返して後悔してます。助けようとしたこと自体、おこがましい間違いだったんじゃないかって……会社を辞めたのは、それまでの自分を許せなかったからです。自分のことが嫌になったんです」

　粕井の顔にはもう笑みはない。真剣な顔で雪緒の話を聞いてくれている。そのことに雪緒は好感を持って、微笑みを向けた。

「でも、結局全部を捨てることなんてできないんですね。もう余計なことに口を突っ込むのは止めようと思うのに、そうはいかなくて……お節介で、身の程知らずなことかもしれませんけど、これからも私にできることがあるのならすると思います」

雪緒が話し終えると、粕井は朗らかに笑った。

「それなら、よかったです」

粕井は立ち上がった。

「すみません、話し込んでしまって。お仕事中ですよね」

「いえ、もう今日の配達はおしまいですね。配達、いつもは二十時までなので」

「あれっ、そうなんですか。でも、前の時は確かもっと遅い時間でしたよね」

「ええ……あの、あれは特別といいますか……次からは、配達時間内にご利用ください」

「そうだったんですか……あ、じゃあ、今日は帰宅の邪魔しちゃったんですね。それは余計に申し訳ないです」

「いえいえ」

粕井の言い方がおかしくて、雪緒はコートを彼に渡しながら、ふふ、と笑った。

見送ろうと襖《ふすま》を開けた時、粕井がそれを止めて言った。

「ここで結構です。失礼しました」

「わざわざ来てくださってありがとうございます」

「私はたぶん、あなたみたいにはできないんですけど、でも、あなたみたいな人は好きですね」

粕井は言ってしまってから、慌てて付け加える。

「勿論、変な意味ではなくて」

「……ありがとうございます」

『変な意味』ではないのなら照れるのもおかしい気がして、雪緒は真面目な顔で礼を言った。

「会社への配達はもう頼みませんけど、もしよかったらまたお店に来ていいですか？」

「ええ、勿論……あの、今日もお夕食決まってないんでしたら、是非どうぞ。少しお時間いただくかもしれませんけど、温かいお弁当ご用意できますよ」

いいですね、と言って粕井は屈託なく笑った。

「願いって見つかった？」

茜にそう問われて、雪緒は、ひょっ、と変な息をしてしまった。

お品書きを日常的に書くようになったが、茜に書いたお品書きの文面は、今でも忘れていない。

『願いが見つかるように、一緒に頑張りましょう』

雪緒も茜も夢破れて人生の谷間にあって、お互い途方に暮れていた。

だからこそ、そう書いたのだが、後から思い返してみるとどうしても恥ずかしさが先に立つ。こうしてお品書きを受け取った本人から言われると、余計にいたたまれない気持ちになる。

雪緒は注文を受けて、チキンカツ卵とじ弁当とシジミの味噌汁《みそしる》、お惣菜セットを届けに来た。

願いというほどのものは、まだ雪緒の中には見当たらなかった。

「まだです……でも、勉強は続けています。結局、この道かなと思うので……」

「プログラマー？　システムエンジニア？　だっけ」

「システムエンジニアです、前職は」

「やりがいはあった？」

「まあ……好きな分野なので、辛《つら》くても踏ん張れたというのはあります。辞めたきっかけは、個人的な問題だったので」

「そっか」

「あの……」

雪緒は、迷ったが言うことにした。

「実は、最初からくま弁の配達のバイトは短期の予定で、雇用保険を受給できるようになったら辞めるつもりでいたんです。資格試験の日程も近づいているし、就職活動も本格的に……」

以前は言うほどのこともないと思っていたが、こうして時々言葉を交わすようになり、言わないのは不誠実に思えてきた。

「そうなんだ」

茜は驚くかと思ったがそうでもなく、軽く頷《うなず》いて言った。

「じゃあ、辞める時は教えてくれる？　配達する人が変わったら、注文をどうするか考えた方がいいかもしれないし」

「え……」

その時になって雪緒は茜の言葉を思い出した。茜は、あなただから、配達を頼みたいと言っていた。

「止めるんですか？」

「わからないけど。そりゃ、ユウ君たちは変な人は雇わないだろうけど、それでも、もし口が軽い人とか、噂を流すような人にうちのこと知られたら、状況が状況だけに困ったことになるかもしれないもん」

「それは……確かに困りますね」

「でしょう？」

諦観《ていかん》を滲《にじ》ませて茜は笑った。

「今はちょっとね、まだ……もう少し、時間が欲しいから」

報道は随分落ち着いてきたが、まだ週刊誌で関係者が語る記事が出たりしているのだ。知らない相手は不安だろう。世慣れしていると言っても、年齢的にはまだ高校生の彼女が好奇の目から逃れたいと思うのは当たり前だ。

私が仕事を辞めると、この人が困るのか。

雪緒はそのことに今更ながら気付いて、困ってしまった。

雪緒としても、茜のことは気がかりだ。

だが、最初から、この仕事は雇用保険受給前の期間限定の予定で始めたものだ。これをずっと続けていくわけにはいかない——確かに明確な願いや夢が今の自分にあるわけではないが、失業期間を利用して、以前から考えていたものの仕事が忙しくてできなかった勉強に時間を割き、資格を取得することは、ひとまずの目標とはなっているし、再就職先も同じ業界を考えている。

会社を辞めたことはかなり突発的な事態で、雪緒自身の人生設計にはまったくなかったことだ。今の雪緒はそれをできる限り元の道筋に戻そうとしている。その方針は間違いではないと思う。

だが、資格取得なんて考えずにもっと就職活動に本腰を入れて取り組めば、今頃就職先が決まっていたかもしれない。経済的な不安定さは他の人間同様雪緒にとってもかなりきついものだ。勿論《もちろん》、再就職において多少なりとも有利に働くのではないかと考えたから資格取得を目指しているのだが、なければ就職できないわけではない。雪緒には実務経験がある。

すぐに就職活動に本腰を入れなかったのは、以前と同じ人生設計を通すことに不安があって、そのために再就職という選択を先延ばしにして、ひとまず勉強だけ続けているから――。

そういうふうに自分を分析することも可能だった。

「私は……」

「別に、あなたに仕事辞めるなって言いたいわけじゃないからね」

茜は雪緒に先んじてそう制した。

茜なりの気遣いだ。

気を遣わせてしまったことに罪悪感を抱きつつも、雪緒は自分の中で方向性がはっきりするまではこの考えを口に出すことはできないなと感じた。曖昧《あいまい》な、いい加減なことを言って、茜を安心させたいわけではない。ただ、自分の中に解決できていない問題があるのは事実のようだ。

茜は、たくさんもらったからと、色々なお菓子をレジ袋に詰め合わせて分けてくれた。雪緒が、お菓子のチョイスがおばあちゃんちみたいですねと呟《つぶや》くと、茜は、おばあちゃんにもらったんだからしょうがないじゃない、と照れた様子でぶつくさ言った。

たとえば、と雪緒は茜のマンションからの帰途に考えた。

たとえばくま弁で働き続けるとして、その未来に何があるのだろうか。

わからない。わからないが、少なくとも、自分は何かがあると思っているらしい。

ここでのバイトは、あくまで一時的なものだと考えているのに、でも、ここでもう少し続けることで、何かを見つけられるのではないかと期待している——いったい、何を見つけようとしているのか、それはまったくわからないのだが。

いや、それはもしかしたら、もう見つけかけていることなのかもしれない。弁当を届けるとほっとしたように笑ってくれる常連や、時折気遣うような言葉をかけてくれる茜の顔を思い出す。雪緒が書いたお品書きを気に入ったと取っておいてくれている客もいる。

だが、それが果たして、自分の未来とどう関係するのか、雪緒にはまだよくわかっていない。

雪緒は信号待ちの間に助手席に置いた袋に手を突っ込んで、中からお菓子を一つ取り出した。

小豆餡《あずきあん》をパイ生地で包んだ、昔からあるノースマンという菓子だ。

信号が変わる前になんとか個包装の袋を開けて一口齧《かじ》った。

甘い小豆とバターの風味に懐かしさがこみ上げてくる。

信号が変わったので、ノースマンを半分口に放り込んで、雪緒は運転を続けた。

雪緒は茜のことを考えていた。それから猪笹美月のことを。鷹森のことを。粕井のことを。

もし、再就職した先でも同じように『猪笹』が困っていて、『鷹森』と対立したら、自分はどうするのだろう。また『猪笹』を助けようとして、失敗するのではないか——

そして失敗した挙げ句、また逃げ出すのではないか。

もしかしたら自分はそれが不安だったのではないだろうかと雪緒はちらりと考えた。

だが、わざわざ礼を言いに来てくれた粕井がいる。

雪緒は、彼の力になれた。

決して彼を『救った』わけではないが、でも、確かに力になれたのだ。

そのことが、雪緒の心を軽くする。

未来について前向きになることを、雪緒に許してくれる。

次の信号待ちで、雪緒はノースマンの残り半分を口に放り込んだ。

まだ頭は少し混乱していたが、甘いお菓子のおかげで心は徐々に落ち着いてきた。

茜の優しさが、じんわり身に染みた。

もう二月も終わろうとしている。

三度目の信号待ちの間に、フロントガラスの上に雪が落ちてきた。

三月に入れば雪と雨を繰り返しながら春に近づいていくが、二月はまだ雪の方が多い。

この前気温が高くて雨が降ったのは、この時期にはまだ珍しいことだ。

雪緒はワイパーを動かした。

信号待ちの間、その一定の律動を見つめながら、雪緒はぼんやり考えていた。

茜から、今は休学中だと聞いた。仕事も休んでいる茜の心は、どこに在処《ありか》を見いだすのだろうか。

•第四話• 父と娘の玉子焼き

雪緒の愛車はそもそも年式の古い車であり、整備は欠かせない。

新社会人になって祖父から譲り受けた時に大事に乗ると約束したのだが、何しろ前オーナーである祖父がすでに四万キロ近く乗っていて冷却ファンのファンベルトがかなり摩耗していたらしく、雪緒はもらい受けて早々にオーバーヒートさせてしまった。ファンベルトの交換諸々《もろもろ》で新社会人には痛すぎる突然の出費となったのは、教訓というよりはトラウマレベルの出来事だった。

それ以来、定期的な点検も、他より頻度の高い三〇〇〇キロごとのオイル交換も欠かさず、大事に大事に乗ってきたが、仕事で使うとなれば当然走行距離は増える。配達範囲は限られているし距離自体がそこまで増えたわけではないが、やはり市街地でもあり、ブレーキを踏む回数もクラッチ操作をする回数も多い。減速やシフトチェンジのたびにブレーキパッドやクラッチディスクがすり減っていくし、走行距離が増えればオイル交換の日も近づく。

整備に金のかかるこの車で金を稼ごうというのがそもそもの間違いだったのではないか、整備が必要になった場合は店で負担すると言ってもらっているが、累積していく摩耗はどうしようもないぞ……と不安に思いながらも、それでも短期間だからと、雪緒は愛車とともに働いた。

結果、今のところ、不調はなし。一度雪山に擦《こす》った時はどきっとしたが、それも特に目立つへこみなどはついていなかった。

「決まったんですか。よかったですねえ！」

だから、ユウから配達で使う車を購入したと教えてもらった雪緒は心底ほっとしてそう言った。

まかないをちゃぶ台に運びながら話してくれたユウも、安堵《あんど》した様子だった。

「中古の軽なんだけど、年式の浅い、いいのがあって。納車はもう少し先だけど、今まで車使わせてくれて本当にありがとう」

「いいえ、そんな。その分お給料上乗せしていただいているんで……」

「助かったよ。当面はレンタルでしのごうか、とにかく車両を購入しようか、話し合っていたところだったんだよね。どちらにせよ、あんなに早く配達できるようにはならなかったと思うから、本当にありがたかったんだ」

その時、厨房《ちゅうぼう》の方から、ユウさーんという千春の呼び声が聞こえてきた。

「あ、じゃあゆっくり食べてってね」

「はい、いただきます」

雪緒は休憩室のミニキッチンでお茶を淹《い》れてから座布団の上に座った。

今日のまかないは、きんぴらごぼうの具材で作ったかき揚げと、もらい物のワカサギの天ぷらが載った天丼だ。濃いめのつゆは上からかけるだけではなく、天ぷらと煮ていて、つゆの染みた衣だけでも白ごはんがお代わりできそうだったし、シーズンもそろそろ終わりそうなワカサギは子持ちで、ぷちぷちとした食感が口の中で弾《はじ》ける楽しさもある。

ふと、このまかないを食べられるのもあと少しと気づき、雪緒はやはり残念に思ってしまった。

雪緒のバイトは三ヶ月の約束だ。もう二ヶ月半を過ぎ、ユウたちも車を入手して雪緒が辞めた後の準備をしている。バイトも再び募集している——まだ決まってはいないようだが。

ユウたちがそうやって準備をしているのに、雪緒の心にはまだ迷いがある。

配達のバイトは予定通り終わらせて、勉強と就職活動に本腰を入れるべきだと考えつつも、一方でこのくま弁の仕事を辞めることに引っかかりを感じている。

そもそも、自分はどう生きたいのだろう。

もっとここで働くとして、いつまで働くつもりだろう？　ここでいったい何を得ようとしているのだろう？　何がしたいのだろう？

それがわからないから、なんだか思考がふわふわしてしまう。自分がくま弁で働きたいのか、元の人生設計に戻ることから逃げているだけなのか、それさえわからなくなる。

思考の海に沈んで、半分ほどになったまかないを見つめていた時、突然廊下に通じる襖《ふすま》の向こうから声が聞こえてきた。

「こんばんは～、失礼します」

「あっ、はい、どうぞ！」

雪緒は慌てて居住まいを正した。声には聞き覚えがあった。常連の黒川だ。娘の方ではなく、父親の方の。

入ってきた黒川は、雪緒が箸《はし》を置いているのを見て、ごめんね、とすまなそうに言った。

「ごはん食べてるところ邪魔しちゃって……」

綺麗《きれい》に整えられた髭《ひげ》、やや長めの毛先がうねる髪、日焼けした精悍《せいかん》な顔立ちというこの夜の街が近い界隈《かいわい》においても目を引く華やかな容貌《ようぼう》の男性で、大抵香水とアルコールの匂いをそれとなくまとわりつかせている。

「いえ、大丈夫ですので。ユウさんお呼びしましょうか？」

「ううん、さっき挨拶《あいさつ》して、ちょっとこっちで待たせてもらうことになったんです。雪緒さんの邪魔しないでくださいねって釘《くぎ》刺されて……あっ、ごはん食べてください。僕のことは気にせず……そうじゃないと僕がユウ君に怒られてしまうので、どうか、一つ僕のためと思って……お茶とか僕勝手に淹れてるんで」

黒川はこういう人だった。社交的で、お人好《ひとよ》し風で、そしてしょっちゅうふざけている。

「じゃあ、遠慮なくいただきます。黒川さんも、どうぞくつろいでください」

「ありがとう！　僕くらいになると勝手に冷蔵庫開けちゃうんですけど……あっ、ケーキだ。この店知ってます？」

「はい、すぐ近くの……美味《おい》しいって聞いてます」

黒川が指し示したのは、冷蔵庫の中に入っているケーキショップの箱だった。ケーキの箱でイメージする白いつるっとした紙製のボックスではなく、茶色いざらっとした質感のクラフト紙でできており、店名と店舗の外観がプリントされたタグがついていた。

「美味しいですよ～。実は、前にくま弁でバイトしてた人が、今このケーキ屋さんで働いているんです。僕のお薦めはサバランですね」

「千春さんもサバランが美味しいって言ってました。洋酒がたっぷり染みてて、冷やすとなお美味しいって」

「千春さんは飲兵衛《のんべえ》ですからね！」

それはたぶん黒川もなのだろう。酒飲みから支持されるサバランに雪緒も興味が湧いてきた。

冷蔵庫や戸棚をあちこち覗《のぞ》いた黒川は、結局ほうじ茶を淹れて戻ってきて、雪緒の空になっていた湯飲みにも注《つ》いでくれた。

「あ、ありがとうございます。すみません、お客様なのに」

「気にしないで、僕が自分で淹れるって言ったんですから」

ちゃぶ台を挟んで雪緒の正面に陣取った黒川は、ほうじ茶を啜《すす》って、はあと温《ぬる》いため息を吐いた。

黒川が茶を淹れている間にほとんど食べ終えていた雪緒は、最後に残ったつゆと天かすが絡み合ったごはんを食べると、箸を置いた。

「黒川さんは、今日はもうお食事お済みなんですか？」

「ううん、後で頼もうと思ってるんですけどね。今日何がお薦めですか？」

「ワカサギ美味しかったです。お知り合いからもらったそうですけど、たくさんあるのでお店にも出しているんです。子持ちですよ」

「あっ、いいですね〜。まだ残ってるといいなあ」

黒川はにこにこ笑っていたが、急に真面目な顔になって、雪緒を見つめた。

「茜に配達してくださっていると聞きました。ありがとうございます」

そう言って頭を下げる。黒川がこんなふうに真面目に話すのを見るのは初めてだったので、雪緒は驚いて姿勢を正した。

「いえっ、それが仕事ですので……」

「雪緒さんのやった仕事に対する感謝なんですから、そんなふうに言わなくていいですよ。あなたのおかげで、茜がユウ君のお弁当食べられるんですから。茜は、ほら、お店には行きたがらないから」

「……はい」

「でも、本当に、元気になってきたんですよ。前は僕がたまに様子を見に行っても、冷蔵庫に飲み物くらいしかなくて……あっ、こういうこと話しちゃダメだな……ごめん、聞かなかったことに」

「はい」

雪緒は神妙な顔で頷《うなず》いて、私は茜の冷蔵庫の中身について聞かなかった、と頭の中で復唱した。

雪緒のその表情を見て、黒川は逆に、相好を崩した。

そして、ほうじ茶の濃い色の面に視線を落とした。

「その……ご存じかもしれませんけど、茜の周りで、騒動があって……僕も力になりたいんですけど、情けないことにどうしたらいいかわからなくて。あの子は小さい時から劇団とか仕事とかで忙しくて、普通の子ども時代ではなかったかもしれませんけど、でも僕からしたら普通の子どもだったし、僕との関係も普通の親子って感じで。あの子が戻ってきた時、僕は絶対に自分が守るんだって思ってたんですけど、あの子は僕のそういう態度を嫌がって……」

情けないですね、と黒川はまた繰り返した。雪緒は彼を深く知っているわけではないが、ユウたちの昔からの友人でもあり、時折こうしてバックヤードに顔を出す彼はいつでも気さくで、明るい人だった。

「茜は本当にしっかりした娘で、帰省して僕に最初に頼んだことが、今住んでる部屋の契約なんですね。部屋を借りて一人で住みたいけど、今の自分は無職だから、親の僕に契約者になってもらえないかって。相場とかも調べて、部屋ももうネットで見てて、敷金と家賃も自分の貯金から半年分用意してて。それは、周りの人間を自分のことに巻き込みたくなかったんだと思うんですけど、いくらかは、一人で考える時間も欲しかったのかなと……僕は心配してますし、支えたいと思っていますが、芸能活動自体は茜が選んだことで、僕は見守るべきなんじゃないかとも思うんです。でも……」

　思考がぐるぐる巡って答えが出ないのだろう、黒川は苦しそうな息を吐き出した。

　彼は雪緒を見上げて苦笑気味ながらも口の端を上げる笑みを見せた。

「すみません。何を話しているんだって思われるかもしれませんけど、実はこれ、前置きなんです」

「はい……？」

「実は、お願いしたいことがありまして」

　娘に玉子焼きを届けて欲しいんです、と黒川は言った。

「玉子焼きを……」

　雪緒は口の中で黒川の言葉を繰り返した。

　週に何度も茜からの注文は入っている。昨日も梅とちりめんじゃこのおにぎりとジンギスカンのセットなどを届けたところだ。

「今日は、実はその話をしようとユウ君を待ってるんです。雪緒さんに届けてもらうことになると思うので、僕からもこの機会に話しておこうと思いまして」

「あの、失礼ですが、どうして玉子焼き……なのでしょうか」

「玉子焼きは茜の大好物なんです」

「そうだったんですか？」

　雪緒が知る限り、茜は単品で玉子焼きを注文したことはない。

「僕と一緒に暮らしていた頃は、よく朝に一緒に食べてましたよ。時間が合わなくて、朝くらいしか一緒に食べられなかったんですけど。くま弁の玉子焼き買って行くと機嫌がいいんですよ。名前書いてあったプリン食べちゃった時も、玉子焼き買って行くと許してくれたり」

「名前書いてあったプリン食べてしまったんですか……」

　思わず雪緒がそこを拾い上げると、黒川は恥ずかしげに目を逸《そ》らした。

「まあそんなわけで好物ですし、本当は僕が届けたかったんですけど、娘は僕が部屋に行くの嫌みたいなんです。僕を巻き込みたくないってことだと思うんですが、いや……でも、わからないんです。もしかしたら本気で嫌がってるかもしれない以上、僕からは踏み込みにくくて。考え出すときりがなくて、こんな風に玉子焼きを届けてもらうのもやめておいた方がいいのかな、とも考えてしまったり。でも、昔……」

　そこで言葉を切って、懐かしそうにはにかむ。

「昔ね、プレゼントは食べ物がいいって言われたんです。僕のセンスに信頼を置いてないからかな？　だから、好物の玉子焼きなら喜んでもらえるかな、元気になってもらえるかなと思ったんです」

「そういうことでしたら、私としては勿論《もちろん》精一杯務めさせていただきます」

雪緒が正座で頭を下げると、黒川はうわっという声を発した。

「そんなかしこまらなくていいですから、頭下げるのはこっちなので……」

「……何やってるんですか、黒川さん」

気付くとユウが厨房《ちゅうぼう》から休憩室に通じる戸口のところに立って、こちらを不審そうな目で見ていた。

「えっ」

「雪緒さんに何か無茶言ったんですか？　雪緒さん休んでるんですから迷惑かけないでくださいって言ったでしょう」

「いやいやいや、ユウ君にもこれから頼もうと思ってたけど、仕事のこと話してただけだよ。ユウ君は僕が雪緒さんにどんな無茶言ったと思ってるの？」

「雪緒さんはもう帰る時間なのにいつまでもおじさんの話し相手させたらかわいそうですよ」

「それはそうだけども。でもこんなふうに扱われて僕もかわいそうだと思うな～！」

「はいはい、かわいそうですね～、よしよし」

ユウはそう言うが、別に全然かわいそうという感じではないし、よしよしと言いつつ頭を撫《な》でるわけでもない。むしろ、しっしっ、という音が似合いそうな仕草で手を振っている。

「ユウ君、客商売してるのに客への扱いが雑じゃない？」

「お客様は普通家捜しして未開封だった箱開けて茶淹《い》れないんですよ。ご存じありません？」

「だって開封したての香りの良いほうじ茶飲みたかったんだもん！」

「四十代がその語尾使わないでください」

放っておくといつまでもこの会話が続きそうだった。雪緒は話しかけるタイミングを探していた——黒川さんに迷惑かけられてはいないです、お礼言ってくださったんです、などなどの文章が頭に浮かんでいたが、結局先にユウが黒川との会話を打ち切って雪緒に話しかけてくれた。

「雪緒さん、今日もお疲れ様でした。黒川さんが迷惑おかけしました。引き留めてすみません」

「い、いえ、そんなことはないので……」

「まあまあ、仕事の話は明日《あした》しましょう。もう遅いので、今日は帰っていいですよ」

「あ、はい、お疲れ様です……」

黒川も、気をつけてね、と声をかけてくれた。

雪緒は二人に頭を下げ、襖《ふすま》を開けて廊下に出た。

長い廊下にはヒーターが置いてあるためそこまで寒くはないが、板張りの廊下はやはり靴下で歩くとひどく冷たく、雪緒は足早に裏口に向かった。

外は晴れていて、冷えた空気の中にも三月らしい緩みも感じられた。身を竦《すく》めるような、肺腑《はいふ》から冷えていくような、あの感覚は今はない。まだ時には雪が降ることがあるだろうし、実際熊野が世話をしているこの庭にも雪は残っているが、随分かさが減ってきた。樹木の赤い芽はまだ堅く閉じられているが、この雪が解けて地面が顔を出す四月には、早春の花が咲き始める。

おそらく本州以南とは違うのだろうが、桜のないこの三月も、雪緒にとってはそこここに春の気配を感じられるものだった。

屋根から滴り落ちた雪解けの水が、庭の雪に深い穴を開けていた。

最近は配達の注文が増えていて、方向が同じであれば一度に二軒配達することもあった。配達時間に制限もあり注文が集中し、かなりばたばたと忙しい。店主夫婦は、新しい配達のバイトを雇ったら、配達可能時間を増やしたいと考えているかもしれない。

リピーターになってくれた客から、いつもありがとう、またお願いね、と言われるとただ純粋に嬉《うれ》しい。同じ人から注文が入ると、その人の顔を思い浮かべながらお品書きを書く。

玉子焼きのお品書きを書き終えた雪緒は、できたてのまだ湯気を上げている玉子焼きを一パック抱えて配達に出かけた。

茜は週に何度か注文してくれるが、今日は茜からの注文はなかった。黒川から頼まれた玉子焼きは翌朝用だという話だったから、今日最後の配達で届けることになった。

だが、茜は不在らしく、インターホンに出ない。エントランスでしばらくインターホンの応答を待ったのち、雪緒は諦《あきら》めてマンションの外に出た。

茜からの注文ではないから不在なのかもしれない。電話もして、伝言サービスにメッセージも残した。時間も遅いし、コンビニにでも行っていてたまたま不在ということもあり得るから、少しの間車で待つか、それともどうせ近いのだから一度店に帰るべきかと考えを巡らせながら、雪緒は車に向かおうとした。

だが、そこを呼び止められた。

最初は自分に向けられた呼びかけだとは気付かなかった。

「お姉さん！……お姉さん！」

「はい？」

二度目の呼びかけはかなり間近で、そこでようやく雪緒は自分が呼ばれていることに気付いて立ち止まり、振り返った。

エントランスの前に立っていたのは、ダウンを着て眼鏡をかけた男性と、カメラを首から提げた髭《ひげ》の男性だ。二人とも、二十代後半から三十代前半くらいだろうか。

「こんばんは。今、９０３の番号押してた？」

「は？」

眼鏡の方にいきなりそう言われて、雪緒は困惑してしまった。オートロックマンションのため、入館しようという非居住者はエントランスで部屋番号を入力して室内から解錠してもらう。確かに雪緒はエントランスで茜の部屋番号を押して、応答を待っていた。

だが、その時エントランスの中に人はいなかったはずだ。彼らは、マンションの外から雪緒の手元を見ていたということだろうか。そんなこと、肉眼でできるとは思えない。

……あるいは、この髭面の男性が首から提げているカメラのレンズなら、雪緒の手元をズームして見ることは可能だっただろうか。

「失礼します、仕事がありますので」

相手の目的を察した雪緒はそう言って彼らに背を向け、足早に車に向かった。眼鏡の男性は雪緒を追いかけ、並んで歩きながら雪緒が肩から提げる業務用の保冷・保温バッグを指差した。

「君、出前か何か？」

雪緒は店内で働くユウたちと同じ服装、つまり白いボタンダウンシャツに黒いパンツ、グレーのハンチング帽という恰好《かっこう》だが、エプロンも身につけていないし薄手のダウンジャケットを着ている。これだけだとそこまで出前らしい恰好ではないと思うのだが、バッグはやはり目を引いたのだろう。

「９０３号室に誰が住んでるか知ってる？　前にも９０３号室に配達したことあるかな？」

雪緒は一言も喋《しゃべ》らず視界にも入れず車に戻ってすぐにドアを閉めた。鼻先でドアを閉められた男性は、まったくめげる様子もなくウィンドウを叩《たた》いた。

「ちょっと話聞きたいだけだよ！」

ウィンドウの向こうでそう声を張り上げているが、雪緒はエンジンをかけ、諦めた男性が離れるのを待って車を出した。

バックミラーで確認すると、眼鏡の男性は雪緒に向かって手を振って、エントランスの方へ戻って行った。そういえば、いつも停めている路地に先客がいた。エントランスが見える位置に、グレーのコンパクトセダンが停まっていて、雪緒はその先に停めたのだった。きっと、あれはあの二人の車だ。運転席に人が乗っているな、とは思ったのだ。

もうすぐ南七条大橋《みなみななじょうおおはし》というところで、車内に電話の呼び出し音が鳴り響いた。雪緒はびくっとして、停車できる場所で歩道に寄せると、電話に出た。幸い、まだ相手は切らずにいてくれた。

「はい！　久万です！」

『あ……久万雪緒さんの携帯電話ですか？　私……』

茜のやや緊張したようなよそ行きの声が聞こえてきたが、雪緒はそれにかぶせるように急いで言った。

「茜さんですよね！　マンションの前になんか記者みたいな人いました！」

『え……』

「まだ外なら、家帰る時気を付けてください！」

とにかくそれだけは伝えなければならないと思っていたため、そこまで一気に言った。

電話の向こうで茜は少し沈黙していたが、雪緒が不安になった頃、茜はようやく言葉を発してくれた。

『届けものがあるって聞いたけど。メッセージ残してくれたでしょう……』

「あっ、ああ、はいそうなんです。今どの辺りですか？　指定してくださったところに車でお届けします」

『そう……それなら――』

雪緒は聞き逃さないよう、耳にスマートフォンをしっかり当てた。


指定されたのは、歩いても五分程度の場所だった。

南大橋《みなみおおはし》の欄干の手前で、茜は暗い川面《かわも》を眺めて突っ立っていた。南七条大橋と同様豊平川に架かる長い橋の上は吹きさらしで、川から吹いてくる風は冷たく湿っている。広大な河川敷は、まだ大部分雪で覆われている。

遮るものもないこの場所に茜がいつから身をさらしていたのかと、雪緒は気になった。

「あの、お待たせしました」

「ううん。こっちこそ来てくれてありがとう」

雪緒がなんと言うべきか迷って突っ立っていると、茜は訝《いぶか》しげな様子で小首を傾げ、手を差し出してきた。

「あっ、すみません」

雪緒はバッグから袋を取り出し、雪緒に渡した。

「黒川様からです」

「……うん、ありがとう」

風に煽《あお》られながら、茜はじっと袋を見つめている。どんな表情なのか、雪緒には量りかねた。単純に嬉しいというのとは違うような。落ち着いているが、少し悲しげにも見えた。

自分が放っておけばこのまま橋の上に突っ立っているのではないかという予感に襲われ、雪緒は茜に声をかけた。

「もう遅いですし、ご実家とか、行きたいところにお送りしますよ」

「実家は行けない」

「じゃあ、マンションまで戻りますか？」

エントランスには記者がいるが、強引に入ってしまうこともできるだろう。

「マンションも戻りたくない……戻る気が失せたっていうか……」

「えっ、でも……」

「私は適当に過ごすから、もう帰りなよ」

茜はつっけんどんにそう言って、雪緒を追い払おうとする。雪緒は焦った。

「いや、あの、もう遅いですし……どこも帰りたくないのなら、ビジネスホテルとか送りましょうか？」

「いいよ、自分でタクシー拾うから」

さよなら、と茜は言った。そう言う彼女はやけに存在感が希薄だった。さよなら、なんて言われたことも雪緒はなかった。お疲れ様とか、またねとか、気を付けてねとか……別れ際茜が使うのはそういう言葉だ。

「あの！」

変な気分だった。胸騒ぎというものだろうか。

雪緒の声に、川面を眺めていた茜はのろのろと顔を上げた。

「うち来ませんか？」

「……なんで？」

「前に……お部屋にお招きいただいたので……」

「お招きって……」

茜はしばらく雪緒を見つめてから、ああ、と声を上げた。

「あれのこと？　雪緒さんが怪我してた……お招きなんてものじゃないでしょ。たいしたもてなししてないんだし」

「うどん美味しかったですよ」

「……私も久しぶりに人と食べて美味《おい》しかった」

鍋《なべ》に入ったまま食べたうどんのことを思い出したのか、茜は苦笑した。今日初めての笑みだった。

「よかったら、うちで何か食べていってください。そんないいところじゃないですけど……」

雪緒が真面目に、本気で話しているというのが伝わったのか、茜はしばし雪緒を見上げてから、頷《うなず》いた。

「じゃあ、ちょっとお邪魔してもいい？」

「勿論《もちろん》！」

雪緒は力強く答え、その場で店に直帰の連絡を入れた。


実家で何年も眠っていたちゃぶ台にもらい物のコーヒーカップとソーサー、それに自分用のマグカップを置いた。茜はマグカップをじっと見つめている。

「とりあえずコーヒー淹《い》れたので、よかったらどうぞ」

「そのカップ、作ったの？」

「ああ、はい……」

茜が興味深そうにマグカップを眺めているので、雪緒は恥ずかしくなってきた。手びねりで作ったマグカップは形が歪《いびつ》で、焼成された釉薬《ゆうやく》が翡翠《ひすい》のような色に発色している。数年前、旅の勢いで作ったもので、それなりに愛着が湧いている。

「可愛い」

「そう……ですか？」

自分で作ったものなので雪緒は好きなのだが、人から可愛いなんて言われる代物だとは思っていなかった。

「……お腹減ってます？」

「うーん……うん、まあ、少し……」

「あっ、それなら、黒川様からのお届けもの、ここで食べて行きますか？　すぐに食べないなら冷蔵庫に入れておきますけど……」

「ああ……忘れてた」

茜はそばに置いていた袋から白い発泡スチロールの容器を取り出し、ぱかりと開けた。黄色も鮮やかな玉子焼きを見て、茜は――身を硬くした。表情も強張《こわば》って見える。

「茜さん？」

茜はすぐに容器に蓋《ふた》をして、雪緒に差し出した。

「……これ、もらってくれる？」

「えっ？」

「これ、私……今は、食べたくないから」

雪緒は驚いて茜と茜が差し出す発泡スチロールの容器を見た。

何がなんだかわからなかった。黒川は玉子焼きは茜の好物だと言っていた。一緒に暮らしていた頃食べた思い出の食べ物だと思っていた。

それがどうして、拒絶の対象になっているのだろうか。

「好物だって伺ってました……」

「……今は食べたくない」

「そうですか……」

　理由を聞きたかったが、下手なことを言うと茜はこの部屋を出て行ってしまいそうだった。とにかく今は先にすべきことがある、と雪緒は立ち上がった。

「何か……何か食べましょう！　そうだ、私プリンあるんです。くま弁の近所の美味しいお店ので……店長さんが今日開店前にくま弁にいらして、皆さんでって色々置いてってくれたそうです。私も二個もらったんで、今用意しますね！」

　茜は何か言いたげにも見えたが、結局口を挟むことはなく、小さく頷いただけだった。

　雪緒は茜の気が変わらないうちにと、急いでキッチンに行って、帰宅後冷蔵庫に入れていたプリンが入ったガラス容器を二つ取り出した。牛乳瓶をずんぐりむっくりにしたような形の容器で、プラスチックの蓋がついている。ガラス容器はお店に持っていくとケーキの割引券と交換してくれるそうだ。

　雪緒がちゃぶ台に置いたプリンを、茜はしげしげと眺める。

　いただきますと言うと、遠慮がちにスプーンを取って一口食べ、すぐに目を輝かせた。

「美味しい」

　同じく一口堪能《たんのう》した雪緒も頷いた。

「あっ本当だ、すごく美味しいですね。なんか卵と牛乳の味がして」

卵の色が綺麗《きれい》で、味も濃い。最近は極限まで柔らかいプリンも多いが、これはある程度のぷるんとした硬さがあり、それでいて舌触りは絹のように滑らかだ。香料の類《たぐ》いはおそらくバニラビーンズだけ。シンプルな材料だからこそ、きっと素材にこだわって作っているのだろうというのが伝わってくる。

だが茜は目を丸くして雪緒を見ている。雪緒は何事かと小首を傾げた。

「そりゃプリンなんだから卵と牛乳の味がするでしょ。雑な感想ね……」

「ちゃんと卵と牛乳の美味しい味がするなあって意味なんですから、別にいいと思いますけど……茜さんだって美味しいの一言だけじゃないですか」

「私は美味しいから美味しいって言ってるの」

茜はそう言って笑いだした。

だが、唐突に、ぎゅっと眉間《みけん》に皺《しわ》を寄せて、苦笑いのような表情を浮かべた。

「昔、パパにプリン食べられたこと思い出しちゃった」

そうだった。詫《わ》びに玉子焼きを持ち帰ったと黒川は言っていた。

そう、玉子焼き……。

茜はしばらくプリンを見つめていたが、スプーンを置いてしまった。

美味しいと言っていたのに。空腹かと聞かれて、少し、とは答えていたのに。

食べることを諦《あきら》めたようなその視線が、雪緒は悲しかった。

「どうして玉子焼きがダメなのか、聞いてもいいですか？」

雪緒は気付くとそう尋ねていた。

「昔のこと、思い出すから」

茜は、ぽつぽつと説明した。

「昔……五年前まで、私札幌で暮らしてた。パパと二人で、朝ごはんの玉子焼きを半分こして食べた。その頃のことを思い出すから……思い出すような気がするから、食べたくないの。……プリンでも思い出しちゃったけど。きっと、何を食べても、何をしても、思い出すんだろうね」

「昔のことを思い出すの……辛《つら》いですか？」

雪緒は辛い。救えなかった後輩を救おうともがいた会社員時代のことを思い出すと息の仕方を忘れたように苦しくなる。

でも、楽になっていくこともあると知っている。子どもの頃の夢を見てうなされることは減った。

今茜が抱えている苦しみが時の流れとともに軽減される類いのものかはわからない。

雪緒自身が抱えている問題については、今はまだ軽減させてはいけないような気持ちがある。自分を許せないからだ。

「わからない。でも思い出したくないの。だって、あの頃は私、夢があって、それに向かってがむしゃらに頑張ってて……幸せだった。目の前にある道を進んでいけば夢にたどり着くとわかっていたから。そのために犠牲にするものもあったけど。でも、今は何もわからない。自分の願いも、どうしたいのかも」

　でも、と繰り返して、茜は雪緒を見やった。その目には悲しみもあったが、怒りも、焦燥も、そして決然とした輝きもあるように見えた。

「でもね、あの頃に戻りたいわけでもない。パパは……父は私の夢の実現のために本当に献身的にやってくれた。私はそれを当たり前だとは思わない。うちは色々なことが周りの家庭と違っていた。父は自分の仕事をしながら、私に合わせて何年も過ごしてくれた。私が小さい頃は仕事の送迎も、練習も、父か、父が無理なら祖父母が付き合ってくれた。子どもの夢に大人がああまで合わせるなんて、全然当たり前のことなんかじゃない。今回も、父は自分が守るって言ってくれたけど、私にだって父を守りたいって気持ちはあるの。だから実家にだって戻らなかった。子どものころは確かに幸せだったけど、私は、守られてた子どもの頃に戻りたくはない」

　その時雪緒は、本当の意味で、茜を自立した人間なのだと理解できた。

　勿論これまでも大人っぽいなとかしっかりしてるなとは思ってきたが、それは表面に現れていた一部で、彼女がどういう人間なのかはまだ量りかねているところがあった。雪緒の心のどこかで、なんだかんだいっても茜はまだ高校生の年齢だし、自分が見守ってあげたいという思いがあった。

　だが、今の言葉は、そういう年齢とか立場とかを突き抜けて、雪緒の胸にまっすぐ届いて、その心に突き刺さった。

「でも……父はわかってくれなかった」

俯《うつむ》いて、茜はそう呟《つぶや》いた。悲しそうで、悔しそうで、辛そうだった。愛する人に理解してもらえないのは辛いが、黒川の気持ちも聞いていた雪緒はどちらも間違っているわけではないと感じた。黒川は茜を愛している。茜が世間からあれだけ攻撃されている中、黒川は自分が彼女を守るのだという思いを強くしたのだろう。

だが確かに、雪緒には茜の気持ちも痛いくらいわかった。

自分の親子関係とは大分違うが、茜もまた、苦しんでいるのだ。

「今日、行くところないのなら、ここに泊まっていってください」

雪緒がそう言うと、茜は驚いた様子で顔を上げた。

「そこまでしてもらう理由がない」

「そんなことないですよ」

そう言いながら、雪緒は理由を探した。

同情したから、共感したから、助けたいから――いくつかの言葉が頭に浮かんだが、結局一番正直なところを選んだ。

「……家に帰れない友人を泊めるのに、理由は必要ないと思うんです」

茜は今度こそ度肝を抜かれた様子で口をあんぐりと開けて雪緒を見つめている。綺麗な顔がこんなに歪《ゆが》むのかと思うと面白かった――いや、言ってしまってから、雪緒も少し照れた。

「ダメですかね……」

「ダメじゃないけど……」

茜はまだ半信半疑のような様子で雪緒をじろじろ見つめ、ついには率直に言った。

「お店辞めても、友人は友人……かな？」

「仕事は関係ないですよ、友人なら。あと、辞めるかどうかはまだわかりません」

「そうなの？」

しまった、と思ったがもう遅かった。

そっか、と茜は口の中で呟いた。素っ気ない言い方ではあったが、期待を隠しきれていない感じだった。雪緒は期待させてしまうのが心苦しい。言うべきではないと思っていたのに、ぽろりと漏れた。

それに気付いたのか、茜は慌てて言った。

「ごめん、私の反応は気にしないで決めて。あの……ただ、実はね、私雪緒さんと友達になりたいって思ってたの。たぶん、雪緒さんの方が年上なんだろうけど……」

「そうだったんですか……」

「だから、ダメじゃないけど、でも、びっくりして、変なこと訊《き》いちゃっただけ」

茜はしばらく考え込んでいたが、最後には照れ笑いを浮かべて言った。

「じゃあ、本当に泊めてもらえる？」

「喜んで……あっ、布団があるにはあるんですけど、弟がまれに泊まりに来た時用で……シーツとかカバー類は洗ってあるんですけど……」

「そんなの気にしないから」

茜は苦笑しているが、雪緒としては罪悪感が残る。何しろ弟は白鳥あまねのファンなのだ。彼がこれを知ったら、なんと言うか……いや、知らせてはいけないし、次に弟が泊まりに来る前に布団を新調しようと雪緒は決めた。幸い押し入れのスペースには余裕がある。

雪緒が頭でぐるぐる考えを巡らせている間に、茜はスプーンを手に取り、再びプリンを食べ始めた。大丈夫なのかと雪緒が心配になって見ていると、茜は肩をすくめた。

「話したらおなか減っちゃって。でも、玉子焼きはよかったら雪緒さんが食べて」

「無理をしなくても他のものを……」

「ううん、大丈夫。話聞いてもらって、少し落ち着いたから」

雪緒は茜の心を慮《おもんぱか》って心配になってしまったが、とにかく空腹だという彼女に何か食べてもらおうと、キッチンにあるものを考えながら立ち上がった。

翌日、黒川はくま弁に来た。雪緒に礼を言うためだった。

「ほんっとうにありがとう」

休憩室のミニキッチンでお茶を淹《い》れていた黒川は、入ってきた雪緒を見るなりそう言って頭を下げた。持っていた急須《きゅうす》がぐわんと上下に揺れて危なっかしかった。

「あのっ、お茶が……」

「あつっ」

案の定、急須の注《つ》ぎ口からお茶がぼたっと垂れて、黒川の靴下を履いた足先に跳ねた。

「ちょっ、えっ……お水っ」

「あっ、大丈夫、煎茶《せんちゃ》だったから熱湯じゃないんで……！」

そうは言いながらもやはり熱くはあったのだろう、黒川は靴下を脱いで指先にふうふうと息を吹きかけている。

「お風呂場《ふろば》で水かけます？」

「いや、そこまででもないので……あのー、ごめんなさい、お礼言いたかったんですけど……」

「あっ、いえ、それは伝わっています」

黒川をちゃぶ台のそばに座らせると、雪緒は黒川が持っていた急須で改めてお茶を淹れた。どうぞ、と出すと、黒川はまた頭を下げた。

「それで……その、仕切り直すけど、ありがとうございました。茜のこと、一晩泊めてくれて」

「いえ、お礼でしたら昨日も言っていただいて……今日もご丁寧にわざわざ来ていただいて、こちらこそ恐縮です」

宿泊が決まった時点で、茜は父の黒川に電話をして、マンションに記者がいること、今日は雪緒の部屋に泊めてもらうことを伝えた。黒川は雪緒とも話し、詫《わ》びとお礼を言ってくれたのだ。

「最近、事務所の元マネージャーが雑誌のインタビューで茜のこと話したみたいで、そのコメント取りに来てるんだろうって茜は言ってます。あのマンションがばれるとは本人も思ってなかったみたいで、ショック受けてるみたいなんです。そんなに粘るような証言じゃないから、今日はもういないかもしれないとは言ってましたけど……」

「早く落ち着くといいですね……」

そんなこととしか言えず、雪緒は歯がゆい。

「昨夜は、配達の時に茜に会ったんですか？」

「あ、はい……」

「玉子焼き、食べてくれました？」

忘れていた。

結局茜は食べないものだから、傷む前にと雪緒が一人でいただいた。目の前で食べるのも悪い気がしたので、茜が寝ている早朝のうちに、自宅キッチンで立ったまま食べた。冷蔵庫に入れていたせいで冷たかったが、時間をおくことで焼きたてのふわっとした食感とは違う、きめ細かく滑らかな舌触りになっていて、これはこれで美味《おい》しいな……と感動した。

それを黒川に伝えれば、勿論《もちろん》彼はがっかりしてしまうだろう。

「……は、はい。美味しいって言ってました……」

「そうですか！」

黒川の笑顔に罪悪感が刺激される。正直に言うべきだったのか、いや、しかし、黒川を傷つけることを茜は望まないだろうし、やはり茜が食べたということにしておいた方がいいだろう……たぶん……。

黒川を店の前まで見送った雪緒は、休憩室に戻って座り込み、長々とため息を吐いた。

「……大丈夫？」

気付かない間に厨房《ちゅうぼう》に通じる戸口に千春が立って、雪緒を見ていた。

「だ、大丈夫です」

「黒川さん、なんて？」

「お礼を言われました」

「そっか。あ、これ、どうぞ」

「ありがとうございます」

雪緒は千春からトレーを受け取った。今日のまかないは豆腐とタマネギの卵とじ丼、たっぷりの千切り野菜と豚バラの沢煮椀《わん》、それに柴漬《しばづ》けだった。

千春は同じものが載ったお盆をもう一つ持ってきた。

「今日は私も一緒に食べていい？」

「勿論です」

千春がこの時間にまかないを食べるのは初めてだ。ユウと千春は開店前に早めの夕食を食べておくことが多く、その後は食事休憩を取らずに深夜まで働くのが常だ。

「お茶淹れるね」

「あっ、私が……」

「いいのいいの。座ってて」

千春は鼻歌を歌いながら茶筒を棚から出す。

雪緒はその時、彼らになら――千春とユウになら、黒川と茜のことを相談できるのではないかと気付いた。

「はい、どうぞ」

千春が用意してくれたお茶に礼を言い、すぐに雪緒は話を切り出した。

「実はご相談したいことがありまして」

「うん？」

千春は自分用の猫のシルエットが描かれた湯飲みをちゃぶ台に置いてから、雪緒の向かいに座った。

「何かな？」

「あの、実は黒川さんと茜さんのことなんです」

「ああ、玉子焼き配達してもらったよね」

「茜さん、あの玉子焼き食べられなかったんです。黒川さんにさっき玉子焼きのこと訊《き》かれたんですけど、そうは言えなくて……」

千春は湯飲みを手に取って手を温めた。

「まあ、実は私も雪緒さんに話があって……茜ちゃんのことなんだけど。あ、ごはん食べながらにしよう」

そう言いながら、自分でも手を合わせていただきますと言ってから箸《はし》を取る。雪緒も同じようにして箸を手に取った。

千春はどこから話したものかと考えているようで、うーんと唸《うな》りながら沢煮椀に手を伸ばした。一口飲んで、ほっと息を吐く。それを見ていると雪緒も食欲が出てきて、椀を手に取った。深刻な話題ではあったが、出汁《だし》の香りがよくてぐうと腹が鳴る。あっさりして見えたが、豚の脂身のうまみが口の中に広がり、かといってぎとぎとした感じではなく、気付くと雪緒も千春同様、ほうと息を吐いていた。

「茜ちゃんのことは私たちも気になっていて、何度かお弁当差し入れたり、会いに行ったりしてたんだ。その時は喜んでもらえるんだけど、なんていうか……私たち相手だと、構えてしまうっていうか、どこか緊張してるみたいで。心配させたくないって考えてるのかなと思う。お父さんに対しても、同じような感じなのかも」

「そうなんですか……」

「雪緒さんには、どんなふう？」

「えっ、ええと……」

　雪緒は自分といる茜を思い出そうとした。他の人といる時の茜のことも、以前の茜のことも知らないから、比べられるわけではないので、よくわからず首を振った。

「すみません、私にはよくわからないです。緊張してるようには見えないですけど、前の茜さんを知らないので……」

「それがいいのかもね」

「それ」

「前の茜ちゃんを知らないこと」

　千春も雪緒もほぼ同じタイミングで卵とじ丼を食べた。美味しい！　と千春は声に出し、恥ずかしそうに雪緒を見やった。

「ごめん、うちで出したものなのに、自分で言ってて……」

「いえ、本当に美味しいです。卵半熟で、とろとろですね」

「そう、タマネギも甘くて、お豆腐も、私はこうして崩して入れてあるのが好きなんだよね。味の染みが良い気がするなあ」

　千春は卵とじ丼をまた一口食べる。

「それで、茜ちゃんのことだけどね、大変なことあったでしょう。みんなびっくりしたけど、やっぱり茜ちゃん自身が一番ショックを受けてると思うし、傷ついてるし……でも、私たちとか黒川さんとかには、それをあんまり見せたくないんだと思う。平気だよって顔してたいんだと思う。だから無理するし、よく見せようとして緊張するんじゃないかな」

「私には違うということですか？」

「そう。何故なら前からの知り合いじゃないから、前の茜ちゃんと比べることはしない。茜ちゃんも、よく見せたいとは思ってないから、無理しない」

なるほど、自分が茜にとってどういう存在なのか今ひとつ摑《つか》みかねていたが、そう言われると納得できる部分もある。

「私、茜さんにそういうふうに思ってもらえてるなら、嬉《うれ》しいです」

千春には話しやすいところがあって、その千春を前にして一緒に食事をしていると、話し下手なところがある雪緒でも、つっかえずに言葉が出てきた。

「でも、私だけじゃ勿体《もったい》ないんじゃないかなと思うんです。千春さんたちも、黒川さんも、茜さんのこと心配していて、でも茜さんとしては心配されてる状況が嫌で守られたくなくて疎遠になってるのが現状ですよね。それ、どうにかできないんでしょうか……別に、茜さんに無理して周りと関わって欲しいというわけではなくて、でも、何か方法はないかなと考えてしまうんです。答えは出ないんですが……」

「そうだねえ……」

千春は沢煮椀を啜《すす》り、ため息を吐いた。

「私たちにも問題があるんだよね。茜ちゃんがもっと小さい頃から知ってるから、つい子どもを心配するみたいに心配しちゃう。確かに、誰だって知り合いなら心配しちゃう状況に茜ちゃんは置かれてるんだけど、でもだからって気にしすぎていたら、茜ちゃんからしたら腫《は》れ物扱いされてるみたいな感じなのかも。私たちでさえこうなんだから、茜ちゃんを生まれた時から育ててきた黒川さんにしてみたら、もう心配で堪《たま》らないよね。本当なら一緒に暮らして、テレビだろうが雑誌だろうが世間の勝手な評価だろうが、何からだって守ってあげたいよね。耳を塞《ふさ》いであげて、大丈夫だって言い聞かせたいと思う。でも、それを茜ちゃんは望んでないんだね」

「はい……」

「茜ちゃん、玉子焼きダメな理由は何か言ってた？　実はね、私も気になってたんだ。前の茜ちゃんは、本当に玉子焼きが好きだったんだけど、札幌に帰ってから注文するお弁当、絶対玉子焼き入ってないから」

千春に言って茜は嫌がらないだろうかと思い、雪緒は言うことを躊躇《ちゅうちょ》した。

その様子を見て、千春が慌てて手を上げて制した。

「あ、言わなくていいよ。まあ……思い出がありすぎると辛《つら》いのかなとは思うんだけど」

さすがによく見ているということなのか、千春の言葉はほぼ正解と言ってよかった。

思い出……という言葉に、雪緒ははっとした。自分を見つめる雪緒の目つきに気付いて、ん？　と千春が見つめ返してきた。

「思い出……」

「えっ？」

「新しい思い出を作ったらどうかなって思ったんです」

「新しい思い出……えっ、玉子焼きについての？　どうやって？」

問われた雪緒は、少し考えてから答えた。

「玉子焼きを焼く鍋《なべ》って貸してもらえますか？」

千春は箸を持ったまま小首を傾げた。

「うん……うん？」

雪緒は早く帰ろうと、急いで、しかし味わって、卵とじ丼を掻《か》き込んだ。


玄関にはまだ茜の靴が揃えて置いてあった。それを見てホッとした。何日でもいていいとは伝えておいたが、帰宅時に茜が家にいるかどうかはわからないなと考えていた。

「ただいま！」

帰宅した先に人がいるなんて久しぶりのことだった。

すぐに茜がリビングから顔を出した。

「お帰り」

茜はスエットのパーカーを着て同じ生地のズボンを穿《は》いていた。パーカーの袖《そで》をまくっている。それを見て、靴を脱ぎながら尋ねた。

「何かしてました？」

「え……あの、お風呂《ふろ》洗っておいたけど」

茜のパーカーの袖は少し濡《ぬ》れていた。

「あっ、すみません、ありがとうございます！」

「……あの、ごめん、こんな恰好《かっこう》で」

雪緒は洗面所で手を洗いながら振り返った。

「は？」

洗面所の入り口に立った茜はどこか恥ずかしそうにしている。

「掃除するのに裾《すそ》が濡れるから、ズボンにしようと思ったらこれしか持ってきてなかったの」

「……それのどこが悪いんですか？」

「……スエット上下とか、他人の家に来てめちゃくちゃくつろいでるみたいじゃない？」

「えー、くつろいでいいと思いますけど……私としては……あ、ごはん食べました？」

雪緒はうがいも済ませてから手をタオルで拭《ふ》いて、リビングに入った。

「向かいの中華のテイクアウト食べた」

「ああ、美味《おい》しいですよね。エビチリお薦めですよ」

「……エビチリ辛かった……」

「……それは……そうかもしれません……」

好みの違いがありそうだな、気を付けよう、と雪緒は脳裏に刻んだ。

「あの、今日は面白いもの持ってきたんです！」

雪緒はそう言って、持ち帰った紙袋から鍋を取り出した。底面が長方形の、玉子焼きを焼くための銅鍋だ。

「これ、くま弁から借りてきたの？」

「はい。お店ではもう一回り大きいサイズを使っているそうで、こっちは家庭用の方なんですけど。この長四角の型を関西型っていうそうですよ」

「これ銅よね？　銅の鍋使ったことあるの？」

「祖父母の家で少し……大丈夫ですよ、使った後ちゃんと洗ってよく拭いておけば。熱伝導も良いし、玉子焼きには銅ですよ！」

心配そうに銅の鍋を見ている茜に、雪緒は誘いかけた。

「茜さん、今日はこれで玉子焼き作ってみましょう」

すぐには理解できなかったようで、茜の返事は少し遅れた。

「えっ、私が？」

「そうです。レシピは聞いてきました」

茜は怖《お》じ気づいているのか、半歩後ずさった。

「私、玉子焼き食べたくない……」

「それは、昔のこと思い出すからですよね。茜さん、玉子焼き作ったことあります？」

「……ない……」

「それなら、作っている間は昔を思い出しようがないですよ！」

「それは……そうかな……？」

雪緒は持ち帰ったもう一つの袋を茜に渡した。コンビニで買ったパック詰めの卵だった。

「でも、食べるのは怖い」

茜の目が不安そうに揺らぐ。

「それなら、完成した玉子焼きは、お父さんに食べてもらうのはどうですか？」

「父は玉子焼き好きだけど……でも、どうして、私にそんなことさせたがるの？」

「そうですね……一つには、この部屋です」

雪緒が部屋を見回すと、茜も同じように室内を見回した。

「この棚は引っ越してきてすぐ設計して、作りました。このカウンターは二年前。ちょっと台所用品が増えて収納しきれなくなって……そっちの花を飾ってる花台は去年です」

ほとんどは安い集成材を店でカットしてもらい、持ち帰って丹念にヤスリがけし、ステインとニスを塗り、自分で組んだものだ。カウンターの天板だけはちょっといいものを選んだ。

「手作りだったの？」

「はい。それで、手を動かしてる時って、すごく集中できて、しかも形になって目の前に存在するので、達成感みたいなものもあって……私の場合はＤＩＹですけど、物作りはお勧めです。物作りしようって元気がある時は、やったらすっきりします」

「…………そう？」

　茜は疑わしげな顔だ。

「料理でもＤＩＹでも手芸でもいいですけど、茜さんやったことないですか？」

「……ない……」

　茜の状況を考えてみれば仕事に学業にと、そんな暇はなかったのかもしれない。

　茜は少し恥ずかしそうだった。

「実は、仕事しなくなってから時間だけはいっぱいあって、どうしようって考えてばかりいたんだけど。犬小屋でも作ればよかったのかな」

「犬……小屋……」

「あ、いや……その、イメージが湧かなくて」

　雪緒は茜の殺風景な部屋を思い出した。以前暮らしていた部屋がどんなものかは知らないが、札幌に帰ってきて、実家を頼るでもなく一人で物を置かず過ごしていた暮らしがどんなものか少し想像できてしまった。

「私の場合、最初は市販品にサイズとか色とか値段とかで希望通りのものがなかったから自分で作ったんです。それが案外、はまったんですよね。別に趣味にしろとは言いませんけど、一回何か作ってみるの、楽しいかもしれませんよ。それに、作った時の思い出って結構覚えてて……これは色を塗るのすごく苦労したなとか、延々とヤスリかけてたなとか……使う時思い出すことあるんです。だから、きっと、玉子焼き作りも思い出になりますよ。そうしたら、次に玉子焼きを食べようとした時に思い出すのは、昔のことじゃなくて、今この瞬間のことですよ！」

茜は呆気《あっけ》にとられている――だが、同時に興味を引かれているように見えた。

「本当に、そんなふうになると思うの？」

「案外、なりますよ。気分が変わって、考え方も変わるっていうか。変に凝り固まっている時に、自分の殻を破れるっていうか」

殻を破る。

茜は口の中で呟《つぶや》いた。そっと舌の上にその言葉を載せた感じだ。期待しているのか、恐れているのか。

「……じゃあ、二つ目は？　さっき、もう一つあるみたいな口ぶりだったでしょう」

「ああ、それは……前に、お父さんを守りたいって茜さん言ってましたよね。そのために実家に戻らなかったって。守られてた子どもの頃に戻りたくないのなら……子どもの頃、お父さんが献身的に支えてくれたのなら、今からでも何かしてあげたらいいんじゃないかって思うんです」

「でも、玉子焼きと父がしてくれたことじゃ、全然釣り合わない」

「釣り合わなくていいんですよ」

雪緒の指摘に、茜はハッとした様子だった。

挫折《ざせつ》を経て父への罪悪感は膨れ上がり、がんじがらめになった茜は身動き取れなくなっているのだろう。父から受けた恩が彼女にとってはあまりに大きく、重く、到底返せないと思うと一歩も動けなくなってしまったのだ。長い山道を前に、終わりがわからず足が出なくなってしまうような感覚だ。

「別に、子どもだから恩返しをしなくちゃいけないってわけじゃないと思うんですよ。というか、私はむしろそういうのを押しつけられるのはきついというか……でも、もし……茜さんが芸能界のお仕事をできなくなって、今までのお父さんの努力や犠牲が無駄になってしまったって感じているのなら……それがすごく苦しい、のなら、お父さんのために、何か一つ、してあげたらどうでしょうか」

「私が、パパに……」

「そう、恩返しとか、釣り合わないとか、そういうことは考えないで、ただ何かしてあげるんです。お父さんもきっと喜んでくれますし、茜さん自身のためにもいいと思います」

茜は唇を固く引き結んで考え込んでいる様子だった。

「……父は……」

そう口を開いたかと思うと茜は黙り込み、渡された卵入りの袋を見やった。

「父はしょっちゅうふざけていて……すぐ調子に乗って……」

ぽつぽつと俯《うつむ》いたまま、語り出す。褒めているわけではなかったが、愚痴というにはあまりにも声が優しかった。

「それで、いつも私の味方でいてくれた」

茜は顔を上げた。

そして、腕を伸ばして銅の鍋《なべ》を受け取った。

「私、作ってみる。楽しかった過去を羨《うらや》むんじゃなくて、今を大事な思い出にしたい。パパに喜んで欲しい」

「お手伝いします」

雪緒は懐からメモ書きを取り出して、にやりと笑った。

「こっちには、ユウさん直筆のレシピもありますからね！」

「美味しいの作って、パパをびっくりさせてやりたい！」

「その意気ですよ。じゃあ、手を洗って早速準備しましょう」

茜は意気込んで頷《うなず》いた。雪緒は茜がものごとに意欲的なところをあまり見たことがなかったが、この時は目に光が宿って見えた。料理でも、なんでも、何かを作るというのは良い経験になるだろうと雪緒は思う。失敗したらもう一度挑戦すればいい。次はきっともっとうまくできると思える。

茜は楽しそうだ。年齢より大人びた顔をすることが多い彼女が、何かを楽しむ時はこんなふうにはしゃぐのだと雪緒は初めて知った。

茜は雪緒に促されて手を洗っている。鼻歌交じりだ。

だが、気付くと茜は何故か渋い顔をしていた。

「……子どもっぽかったよね、今の私」

そんなことを気にしていたのか、と雪緒は驚く。

だが、どうやら雪緒がつられて微笑んでいたせいで、茜は自分が笑われたと思ってしまったらしい。雪緒は誤解を解こうとした。

「笑ってるのは、私も嬉《うれ》しくなっちゃったからなんです……」

「どうして？」

「茜さんが笑うから」

茜は芸能人だけあって目鼻立ちは整っているし、何より華やかだ。華奢《きゃしゃ》な首、大きな目、綺《き》麗《れい》な鼻筋に白い歯。それで微笑まれたりしたら、それこそ舞い上がってしまいそうだ。

だが、彼女の微笑みはそれ以上のものだ。

「茜さんが笑うと、花が開いたみたいになるんです。花が咲くのを見れば、誰だって嬉しくなるでしょう？」

雪緒の言葉を聞いて、茜は唖然《あぜん》とした様子だった。呆《あき》れている、のだろうか。雪緒が不安になって眉根《まゆね》を寄せると、茜はため息をついた。

「口説き文句じゃないんだから……」

「はあ……」

茜はタオルで手を拭《ふ》くと、カウンターに置いていた銅の鍋を手に取った。

「じゃあ、教えてね、先生」

「…………えっ、プレッシャーかけないでください」

雪緒も料理が大の得意というわけではない。それなりに自炊はしているし好きな方だとは思うが、頼みの綱はユウのレシピだ。

だがユウのレシピがあると考えてか、茜は遠大な目標を掲げた。

「作るからにはお店の味を再現したいところね」

「……卵は一パックしか買ってないので、それで完成させましょうね」

「再現するんだってば」

「いや……完璧《かんぺき》主義者ですか。食べきれないから一パックまでですよ。それでも多いのに……」

「仕方ないなあ」

そう言って、茜はまた花弁が零《こぼ》れるように微笑んだ。

レシピのメモはあるのに、躓《つまず》くポイントは幾つもあった。

「待ってください、砂糖を計量スプーンで量る時はすり切りです」

「すり切り……そういえばそういうのあった。すり切り。家庭科でやった」

「そうです、そう……あー、待ってください、それ計量スプーンじゃなくてスープスプーンですね」

雪緒が貸した犬のイラスト入りのエプロンを締めた茜は、ああ、と呟いて瞠目《どうもく》した。

「実家にあったやつと似てたから間違えちゃった」

「そうですね、丸っこくて似てますね……それで、二番目に小さいものが小さじです」

「わかった」

茜は調味料を細くて綺麗な指先で量り、卵と出汁《だし》が入ったボウルに入れた。あとはこれをよく混ぜて、一旦濾《いったんこ》してから、いよいよ焼くのだ。

人をサポートして玉子焼きを作る困難さはこれからなのだが、雪緒はすでに不安を感じていた。

雪緒自身料理はするものの、人に教えたことはない。弟もいるが、むしろ弟の方が料理上手で、時々雪緒の方が教えてもらっている。雪緒が最初から最後までやってしまえばおそらく失敗はしないのだが、勿論《もちろん》それではまずい。

手を動かすのはあくまで茜でなければならない。

そう、茜が焼くのだ。

見たところ、茜には料理の経験があまりない。卵を割ることはできたし、話からしておそらく目玉焼き、チャーハン等は作れるのだろうが、玉子焼き作りの経験はない。薄く焼いた卵を固まりきらないうちに丸めていって次の卵液を注ぎまた焼くという行為は、雪緒が思うに未経験者にはきつい。

しかも、本格的にと思って銅の鍋まで借りてきてしまった。使い慣れた自分の鍋とは違うのだ。どれくらい油を引くか、どれくらい熱するのか、雪緒自身焼きながら色々と学習しなければならない。

卵一パックでは、少なすぎたかもしれない。

「これ、もう入れていいの？」

いや、大事なのは玉子焼きを自分で作るという過程だ。上手に焼き上がった玉子焼きが必要なら買えばいい。これは茜の気分転換であり、できたという達成感が重要だ。食べる黒川は、たぶんどんなものでも喜ぶだろうし。

「入れちゃうね。あっ」

「えっ？」

ハッと気付くと、茜は卵液を銅の鍋いっぱいに入れていた。明らかに多すぎるし、そもそも鍋を熱する時間が足りていない。じゅっという音もしない。待て、それに油を入れたか？

「…………ちょっと待ってください、まず卵液を戻しましょう」

「うん」

茜は銅の鍋《なべ》を持ち、固まっていない卵液をボウルに戻した。

油は……少しは入れているようだ。それに、そもそも油がよく馴染《なじ》んだ鍋だったので、少量の油でも焦げ付かずに焼けるかもしれない。

「あっ、火の強さ、もう少し弱めましょう」

「うん」

茜の返答がさっきから短い。緊張しているのが伝わってきた。

「大丈夫ですよ、落ち着いて作りましょう」

「……うん」

頷く茜の眉間《みけん》に皺《しわ》ができている。不意に彼女はその鼻をふんふんと動かした。

「……焦げ臭い？」

えっ、もう？と思ってコンロを見ると、茜が強火と弱火を間違えてレバーを操作している。茜が慌てて鍋を火から下ろした。予想したほど鍋底に焦げ付いてはいなかったが、卵自体はしっかり焦げていた。

「茜さん、あの、まだまだ卵ありますから……」

雪緒が慰めの言葉を考えながらそう言ったが、唖然とした様子で焦げた玉子焼きを見つめていた茜が、不意に笑い出した。

「何コレ！」

何って失敗した玉子焼きだ。

「これ、上達するの？　卵一パックで？」

「…………しないと卵を深夜に買いに行くことになります」

ケラケラと腹を抱えて茜は笑う。彼女が落ち着いて、もう一度卵を焼こうという態勢になるまで、雪緒はしばらく待たなければならなかった。


最後の卵を使って完成させた玉子焼きは、とにかく卵を焼いて巻くという要件は満たしていた。焦げているとか、形が悪いとか、そういうことはこの際目をつぶってもらおうと雪緒は考えていた。

茜の方は、皿に載せた玉子焼きを矯めつ眇《すが》めつ眺め、うん、と頷《うなず》いた。

「いいんじゃないかな……とりあえずどこからどう見ても玉子焼きだし、きっと味は美《お》味《い》しいはずでしょ、レシピの通りの分量なんだから」

「ん……うーん、そうですね、そのはずですね」

本当にそうなんだろうかと雪緒は疑問に思ったが、卵はすでに使い切っていたし、茜の気持ちが満足しているのならそれでいいかなと思った。

「玉子焼き、そういえば運動会のお弁当に父が入れてくれた」

玉子焼きを満足そうに見つめながら、茜が語ってくれた。

「それまではおばあちゃんが作ってくれてたんだけど、父が料理をするようになってしばらく経って、運動会があって……お弁当に入ってたの、なんかこう……ちょっと焦げた玉子焼きが。これほどじゃないけど」

　茜が作った玉子焼きは濃い茶色の筋が入っている。焦げがついた状態で巻いたので、筋が入ってしまったのだ。店で使っているものより鍋《なべ》が小さく使う卵の数も少ないのだが、それにしても店のもののようにふっくらとは焼けていない。

　玉子焼きを食べると昔を思い出すから嫌だと茜は言っていた。

　結局思い出させてしまったのかと雪緒はひやっとしたが、茜の表情には辛《つら》そうな様子は見えなかった。

　穏やかな顔で、茜は言った。

「誰かのために作るって、こんな気持ちだったっけ」

「……黒川さんも、きっと同じ気持ちで作ってましたよ」

　雪緒がそう言うと、茜は恥ずかしそうに笑った。

「そうかな？　毎日作るのとたまに作るのじゃ違うだろうし、大変だなーとか面倒くさいなーって思いながら作ってたんじゃないかな」

「そういうのもありますけど」

　雪緒は否定はできずに苦笑した。

「でも、それだけじゃないですよ」

そうだといいな、と茜は呟《つぶや》いた。

玉子焼きは、ほかほかと湯気を上げる。

茜は急に落ち着かない様子でリビングの時計を見やった。午後十時。

「どうしました？」

「……渡しに行くには遅くない？」

確かに、作っている間に予定よりは遅い時間になってしまった。

「電話を一本かければわかりますよ」

茜は少し考えてから、白いプラスチックのカバーをしたスマートフォンを取り出した。


「おっ、お届けに……あがりました……」

茜は声も綺麗《きれい》で、澄んで張りがあるのだが、このときは随分恥ずかしそうで、声は途中から消え入りそうなほど小さくなった。

「……こんな感じ？」

そう言って、雪緒を振り返って恥ずかしそうな顔で確認する。

雪緒は厳しく接した。

「役者さんが照れてたらダメですよ、なりきるんですよ」

「……なんで弁当屋さんの配達みたいにしたいとか言っちゃったのかな、私……」

茜がため息を吐いていると、すぐに玄関扉が開いて、マンションの内廊下に黒川が飛び出してきた。すでにスーツは脱いでグレーのスエット上下に着替えている。その恰好《かっこう》が、数時間前までの茜を思い起こさせる。ぼさぼさの頭も、あまりに店で見かける姿と違っていて、雪緒は深夜の訪問を申し訳なく思う。

父の姿を見るなり、茜は眦《まなじり》をつり上げて叫んだ。

「あっ、もう、雪緒さんも行くからちゃんとした恰好しててって言ったじゃない！」

「いや、私はもう遅いので、お邪魔するつもりは……帰ります」

「私に一人で夜道帰らせる気なの？」

「…………」

雪緒と茜が言い合っていると、黒川がか細い声で言った。

「茜ちゃん……」

「パパ、今日はパパの好物を届けに——」

「うわあああ！」

黒川は叫ぶなり、膝《ひざ》から崩れ落ちた。抱きつくとかまでは想像していたが、いきなり崩れ落ちるとはまったく考えていなかったので、雪緒も驚いて支え損なった。黒川は廊下の冷たい床に手を突いて、うう、と声を震わせていた。泣いている。

「いちいち大げさなのよパパは！」

茜は顔を真っ赤にして、黒川を立ち上がらせようと腕を摑《つか》んだ。黒川は嗚咽《おえつ》を漏らしながらも、娘に支えられて立ち上がった。

「あっ、茜、本物だっ、本物の茜ちゃんがここに……」

「なん……なんなの、本物って……とにかく、こんな時間にうるさくしてたらダメでしょう。中に入れて」

黒川は慌ててドアを開けたまま身体をずらして、茜を招き入れた。

「雪緒さんもだからね」

「う……」

帰ろうとしていた雪緒は、茜からそう声をかけられ渋面になった。

だが、玄関には入ったものの、茜は部屋に上がろうとはしなかった。靴さえ脱がず、ただ父に紙袋を突きつけた。小さな紙袋は元々はアクセサリーショップのもので、中に入っているのは紙皿ごとアルミホイルで包まれた玉子焼きだ。

「これ、作ったの。玉子焼き」

「あ……茜ちゃんが？」

感動故か震える声でそう言い、黒川は茜の差し出す紙袋を受け取った。

「ありがとう、茜。あの、一緒に食べよう」

「……ううん、今日は帰る」

「そっか……」

雪緒は呼吸も控え気味にして見守っていた。存在感を消したかったが、玄関に二人立っている時点で狭いし、雪緒は決して小柄な方ではないのでたぶん無理だった。

黒川は逡巡《しゅんじゅん》しつつも、呼吸を整え、努めて落ち着いた声で誘った。

「あの、でもね、せっかくだから一緒に食べたいな。前みたいに、朝ごはんに食べよう。今日は泊まればいいよ。着替えならうちにもあるんだし」

雪緒ははらはらして茜を注視した。茜は俯《うつむ》いて、表情は強張《こわば》っていた。

「あのね、本当のことを話すけど、私玉子焼き今は食べたくない」

「ど……どうして？」

「昔の思い出が……パパと暮らしてて、一緒に朝ごはんにくま弁の玉子焼き食べてた頃の思い出がいっぱいあって、食べたら思い出すから辛い。今日玉子焼きを作ったのは、何か……気持ちを変えたかったから。今の私の思い出を作ろうと思ったから……でも、やっぱり今でも玉子焼きを食べるのは怖い……」

「そ……そうか……」

茜は懸命に話していた。伝えようとしていて、黒川もそれを受け取っていた。

「思い出すのは、辛い思い出ばかり？」

「ううん、楽しいよ。楽しいから、あの頃は楽しかったってなるのが嫌なの。怖いの。そんなふうには思いたくないから……」

「それなら、そんなふうには思わないかもしれないよ」

黒川は大事そうに紙袋を抱えて、朗らかに微笑んだ。

「だって、これは茜ちゃんが作ったんだよ。誰かにやってもらうんじゃなくて、自分で作って、パパに食べさせてくれるんだから、あの頃の方が楽しかったなんて思わないんじゃないかなあ？　できることが増えたっていう成果を、目の前にしているんだからさ」

「成果……」

「そうだよ」

　茜は心打たれた様子にも見えたが、少し考えるとまた難しい顔をして、黒川を睨《にら》んだ。

「また適当なことを言うんだから」

「そんなことないよ〜」

「パパが私を家に帰らせたいのはわかってる。心配してくれてるのも……でも、私だってパパに迷惑かけたくないし、パパを守りたいの。私がここに帰ったってわかったら、ここにまで記者がきたり、嫌がらせの電話がかかってきたりするかもしれないんだから」

「う〜ん、パパはそんなこと気にしないけど……茜が帰ってきたら、パパは嬉《うれ》しいよ。でも、茜がパパを守ろうとしてくれたっていうその気持ちも、すごく嬉しいよ」

　そう言って、黒川はじっと茜を見つめた。その目にまた涙がじわじわとこみ上げてきた。黒川は笑って誤魔化そうとしたが、到底誤魔化せるような状態ではなく、最後にはすすり泣きながら言った。

「優しい子に育ってくれて、ありがとう……」

「そっ……そんなの……」

　父の涙を見て、茜はおろおろしている。

黒川は涙をスエットの袖《そで》で拭《ぬぐ》いながら声を振り絞った。

「よかったぁ……パパが嫌いで帰って来ないんじゃなくて……」

「きっ、嫌いになんて……ならないよ……」

茜はハンカチを差し出し、怒ったようにそう言った。

黒川はそれを受け取ると涙を拭った。

「ありがとう。パパもちゃんと言うね。僕が、茜が家に帰ってきたら嬉しいなあと思うのは、茜と一緒に暮らすと、すごく幸せな気持ちになれるからだよ」

雪緒はもどかしい思いで彼らのそばで空気になっていた。いや、なれていなかった気がするが、とにかくその場にいないものとして扱われることを期待していた。

だが、突然、茜は振り返ると雪緒に言った。

「私……」

眉根《まゆね》は寄せられていたが、泣きそうなのは嬉しいからだということくらい、雪緒にもわかっていた。

「……よかったですね」

雪緒がそう言うと、茜は小さく頷《うなず》いて今度は黒川に告げた。

「今日……泊まらせてもらえる？」

勿論《もちろん》、と黒川はまた半泣きになって答えた。

久しぶりの実家のベッドでたっぷり眠った茜が身支度を整えてキッチンに行くと、父はもう起きていて、おはようとご機嫌で挨拶《あいさつ》をしてくれた。片手鍋《なべ》の味噌汁《みそしる》を汁椀《しるわん》に装《よそ》っている。

茜は彼に挨拶を返し、茶碗《ちゃわん》を出して炊飯器を開けた。

実家に帰るといつもそうだが、中学生の頃に使っていた茶碗にごはんを装う。白地に赤い千筋模様の茶碗で、小ぶりで手に馴染《なじ》む。

炊きたてのごはんの匂いが熱い湯気とともにむわっと顔にかかる。水加減も良さそうだ。昨夜、最近炊飯器を買い換えたから、前より美味《おい》しいんだよと嬉しそうに父が語っていたのを思い出す。

「用意できたよ」

父に声をかけられて、茜は食卓に茶碗を運んだ。すでにほうれん草と油揚げの味噌汁、大根おろしとしらす、そして玉子焼きが並んでいた。

あの頃こそが楽しかった、それに比べて今は……なんてことを考えるのはよそうと決めていた。

だが、あの頃と同じ食卓を前にして、懐かしさがこみ上げる。毎朝、予定を教え合い、互いの帰宅時間を確認していた。仕事先も父はきちんと把握していて、自分の帰宅が遅くなる時は茜に祖父母宅に行くよう言っていた。新しい仕事への不安や期待を語ったり、練習に付き合わせたり。

夢に向かってひたむきに頑張った日々は、確かに幸せだった。

だが、今だって、茜はいくらでも幸せになれる。

願いはきっとまた見つかる。そこに向かって努力することができる。そばにいて、支えてくれる人がいる。新しいことに挑戦するのを見守ってくれた人がいる。気にかけてくれた人たちがいる。

自分と一緒に暮らすと、すごく幸せな気持ちになれるという父がいる。

大丈夫、と茜は自分に言い聞かせる。

大丈夫、小さなことから始めよう。

たとえば、父のために玉子焼きを作ることから。

作った玉子焼きを、一緒に食べることから。

茜は椅子に座って、父と朝食の食卓を囲んだ。

「いただきます」

玉子焼きに、箸《はし》を伸ばす。

固めで、くっきりと焦げの筋がついてしまった玉子焼きは、お世辞にも美味しそうという感じではなかったが、とにかく味付けはくま弁のレシピ通りのはずだ。思い切って、口に入れた。

茜は愕然《がくぜん》とした。

ふわっとした食感はない。特に焦げたところが固くて、ぱさぱさしている。出汁《だし》の風味は感じるものの、焦げが苦くて舌が甘みやうまみを拾ってくれない。

いや……食べられないほどではない。焦げているといっても真っ黒に炭化しているわけでもなく、固いと言ってもせいぜい玉子焼きが薄焼き卵巻きになったくらいの変化だ。ぱさぱさして、ふんわり感はないが、まあ……なんとか食べられる。

それでも、くま弁の玉子焼きとはまるで違った。

茜はあまりの違いに呆然《ぼうぜん》としていたが、なんとか一口目を飲み込み、二口目に入ったところで、おかしくなってきた。だって、食べたら昔のことを思い出すかもしれないと怖がっていたのだ。

昔食べた美味しい玉子焼きとは、似ても似つかないのに。

これは無理して食べてほしくないなと父に声をかけようとした。

だが、父は早速玉子焼きを食べている。にこにこと笑顔で。

「美味しい！」

「……無理に言わなくても」

「いや、無理してないよ。ほら、人間、自分で作ったものには評価がきつくなりがちだから。また作ろうね」

「うん……また作る」

パパの好物だから、と言おうとしていたが、言うのが恥ずかしくて逡巡《しゅんじゅん》しているうちに、父が言った。

「茜ちゃんの好物だもんね。運動会のお弁当に入れた時、パパの分まで食べたの、覚えてる？」

「え？　それは……」

それは、嬉しかったからだ。父が作ってくれた初めての玉子焼きが、多少不《ぶ》恰好《かっこう》でも子どもが好きそうな甘い味付けが美味しくて、嬉しかった。

その時、茜は父がしょっちゅうくま弁の玉子焼きを買ったのは、彼の好物だったからというより、茜の好物だと認識していたからだと気付いた。

「あ、そうだ。これ入ってたんだよ、紙袋に」

父が茜に小さな二つ折りのカードを渡した。

文字には見覚えがある。雪緒がいつの間にか袋に入れていたのだ。

カードを開いて見たが、やはりそれはお品書きだった。

シンプルに、ただ、『玉子焼き　茜さん手作り』とだけ書いてある。

いや、よく見ると、紙の模様かと思われた絵が、雪緒の手描きだった。

卵の絵だ。

唐突に、茜は理解した。これは玉子焼きの卵ではなく、茜自身のことだ。いや、雪緒自身が何を考えて描いたのかについては確証は持てないが、茜はそう感じた。

これは、卵の殻で柔らかい中身を守ろうとしている茜だ。

ただ、玉子焼きを食べることさえ怖がって。

いったい、そうまでして零《こぼ》したくなかった自分の中身とはなんなのか、とふと茜は考えた。

その時、ようやくそれに——自分を満たしていた気持ちに気付いた。

『ここ』に帰りたい。

本当はずっとそう思っていた。子ども時代に戻りたいのではない。父と暮らすこの家に帰りたかったのだ。この食卓に。

それを、抑え込もうとしていた。父を守るため、自立のためだと言って、自分を誤魔化そうとしていた。実家に戻るということは、最後の矜持《きょうじ》をなげうつようなものだと思っていた。

だが、今なら違う形を思い描ける。

父に守られるためではなく、ごく普通に、ただ家族として暮らすために戻るのだ。

支え合うために。

ただ、お互いが幸せになるために。

涙が滲《にじ》む。鼻の奥がつんとする。泣きそうだ、と思った時にはもう涙が食卓にぽたぽた落ちていた。

「どうしたの？　大丈夫？」

心配して声をかけてきた父も、茜が何度も頷いて、泣き笑いの顔になるのを見て、辛《つら》いとか苦しいとかで泣いているわけではないと気付いた。彼は微笑んで、茜が泣きやむまで待って、また一緒に朝食を食べてくれた。

玉子焼きは、苦く、思い出の味とは似ても似つかなかった。

それでも、その味は、茜の心に新しく刻まれた。


食べ終えた茜は、父とごちそうさまを言い合い、食器を片付けようと立ち上がった。

ふと思い立った茜は、お品書きのカードにペンでジグザグの線を描き足した。

「茜ちゃん、テーブル拭《ふ》いてくれる？」

「はーい」

父に呼ばれて茜はカードを食卓に置いて片付けを始めた。

その卵の絵には、今し方描き込まれた罅《ひび》が入っていた。

茜が閉じこもっていた卵の殻にも、罅が入ったのだ。


『子ども時代に戻りたいと思ってしまうのを、怖がってた』

茜は雪緒に電話をしてくれた。

実家に帰ったその翌日のことだ。

雪緒は昼食のためにそばを茹《ゆ》でていて、鍋の前で電話を受けた。

『でも、私が本当に戻りたかったのは、子ども時代じゃなくて……父と囲んだ食卓、あの家だったんだと思う』

茜の声は落ち着いていた。その穏やかな声を聞いていると、雪緒の気持ちも落ち着く。

『だってね、父を守るために、帰らないって決心したのに、その決心が揺らぎそうで……実家に帰ることを選んでしまいそうで、怖かったんじゃないかな。……ごめん、なんだかうまく話せないんだけど』

「わかりますよ。今は、どうですか？」

『うん……』

少し間を置いて、茜は話した。

『今日ね、父と話したの。一旦《いったん》、実家に帰ることにした』

離れたまま心配をかけるよりも、そばにいて、互いに支え合うことを選んだのだろう。それは決して後ろ向きな選択ではないのだと、彼女は気付くことができたのだ。

『それでね、将来のこと、ようやく考えられるようになってきた』

「それは、よかったです」

言葉にすると素っ気なかったが、雪緒としては気持ちを込めたし、茜もそれを受け止めてくれたようだった。

『色々、ありがとう』

「いつでも、うちに帰ってきてくれていいですからね」

帰って、という言葉選びのせいか、茜はくすくすと笑った。

その笑い声の明るさに、雪緒の方が救われたように感じた。

茜はきっと願いを見つけられるだろう。

雪緒が願いを見失っていたのは、自分を見失っていたからだ。後輩を助けられなかった自分を許せず、自分を見失ったのだ。

今も――雪緒の願いは、見つかっていない。

それでも歩いてはいける。

前を向いて、時々どっちが前だかもわからなくなって、もがいて、生きていけるのだ。

茜が、今そうやって、もう一度歩き始めたように。

『雪緒さん？』

胸にこみ上げてくるものがあって、雪緒はすぐには返事ができず、変な沈黙が降りた。

「……よかったですね」

しみじみとそう言うと、少し間を置いて、茜も、ん、と返してくれた。

雪緒は店の裏手から入って、休憩室に行った。時刻は開店十五分前。何か手伝おうと千春に声をかけたが、すぐに配達用の弁当ができるから待っていてくれと言われた。

「あ、あとすみませんけどそのテレビ消しておいてください！」

ばたばたしていてテレビを消し忘れたのだろう。雪緒は付けっぱなしになっていたテレビを消そうとリモコンを手に取った。

ちょうど夕方で、地方局の情報番組やニュースが流れる時間帯だった。

リモコンの電源ボタンに指をかけた時、画面が切り替わって、録画された記者会見についてのニュースが始まった。

画面の中ではフラッシュが何度も焚《た》かれ、一人の若い女性アイドルと、その隣の中年の女性が揃って頭を下げている。

若い女性が誰なのかわかった瞬間、雪緒は心臓をぎゅっと鷲摑《わしづか》みにされたような感覚を味わう。

目映《まばゆ》いフラッシュの中で頭を下げていたのは、茜――いや、白鳥あまねとその事務所の社長だった。

社長は世間を騒がせていることを詫《わ》び、自分たちと白鳥あまねの間に行き違いがあったことを説明した。あまねも同じように世間とファンに対して謝罪し、退所を決断したことを説明し、また頭を下げた。

さらにフラッシュが焚かれる中、あまねは顔を上げて、まっすぐ前を見た。その仕草は、はっと息を呑《の》むほどに美しかった。髪の一本一本にも光が当たって、それを反射していた。目は強い意志を宿し揺らがなかった。

あまねは、退所後の活動予定を説明した。まずは出席日数が足りず留年した高校を卒業すること。受験もし、年単位で仕事を休むことになるが、演劇をもう一度学び直したいということ。最後に、もう一度、騒がせたこと、自分の未熟さから誤解が生じたことについて頭を下げ、質問を受け始めた。

いったいどうやって事務所に一緒に記者会見を開いてもらうよう頼んだのか、雪緒には想像もできない。だが、トラブルになった事務所にあまねが頭を下げたのは確実だ。頼み込み、なんとか会見の場を設けてもらったのだ。不本意な取り決めも飲んだかもしれない。あまねはマネージャーによる使い込み疑惑を、あまね自身の誤解に基づくものだと説明していた。

ファンへの説明のためだ。自分の決断を語るためだ。

こんなにも誇り高く前を向いて自分の決意を語ることができる十八歳の白鳥あまねを、雪緒は随分遠く感じた。

しかし、茜はくま弁の常連で雪緒の友人でもあり――テレビの中の彼女を遠くも近くも感じた雪緒は、遠近感が狂って混乱して座り込んでしまった。

番組は記者会見からスタジオに戻り、アナウンサーやコメンテーターが何か喋《しゃべ》っている。北海道出身のアイドルだけあって、やはり道民には茜に同情的な人も多く、とにかく元気そうな姿にほっとしたというアナウンサーの声は混じりけのない本心に聞こえた。

茜は、ちゃんと前を見て、自分の願いをもう一度見いだすことができたのだ。

再びテレビに映し出された白鳥あまねの顔を見て、雪緒は微笑んだ。

自信をなくした雪緒が、茜とくま弁に出会って、少なからず救われた。

弁当を、弁当に添えたお品書きを喜んでくれる人がいる。あなただから頼みたいと言ってもらえる。誰かの問題を一足飛びに解決するようなことはできなくても、ほんの少し気持ちを軽くしたり、支えたり、寄り添ったりすることはできる。

その積み重ねが、茜が再び歩き出せたことに少しでも繋《つな》がっているのだとしたら、これほど嬉《うれ》しいことはない。

同じ積み重ねが、雪緒が自分自身を許すことに繋がっていく気がする。

そうすれば、その道の先で、もう一度『猪笹美月』に――『猪笹のような人』に会うことができた時、逃げ出さずにいられるのではないだろうか。

雪緒はほうと息を吐いた。

ずっと悩んでいた、ここに残って何をしたいのか、その先に何があると思っているのか……という答えを、見つけられたように思った。

「雪緒さん、用意できてる？　いやー、今週いっぱいで契約終了だね。まだ後任も決まってないし、うちとしては残念だけど――」

千春が厨房《ちゅうぼう》から弁当を抱えてやってきた。届け先の住所と電話番号を書いたメモを持っている。返事がないので、座り込む雪緒の顔を覗《のぞ》き込み、その視線を追ってテレビを見て——白鳥あまねが記者会見、というテロップを見た瞬間、えっ、と声を上げた。

「えっ、えっ、これ何、どういう……」

「千春さん」

「はいっ」

雪緒は、千春を見上げて言った。

「契約は今週いっぱいまでですが、今後のお仕事について、今日の仕事の後話せますか？」

「えっ、あっ、うん……今後？」

千春はテレビのニュースを見たり、雪緒を見たりしていたが、明らかに双方向からの情報に混乱していた。

「雇用保険の受給申請を取り下げて、ここで仕事をしたいと思ったんです」

果たしてこの店だけで生計を立てられるほど働かせてもらえるのかはわからないが、どうも以前は昼間のケータリングもしていたようだし、店としても人手があればやらせたいことがあるかもしれない。特になければ、雪緒の方でダブルワークをすればいい。

その辺りや条件面も含めて、とにかくまずは相談だ。

話してすっきりした雪緒に比べて、千春はまだ混乱している。申し訳なくなった雪緒は、彼女からお弁当を受け取って保温バッグに詰め、代わりにリモコンを渡し、立ち上がった。衝撃が抜けきっていないのか、足元は少しふらついたが、できるだけしっかりと足の裏で床を踏みしめて立った。

裏口から店を出ると、愛車のトランクにバッグを置き、運転席に身を滑り込ませた。エンジンをかけると、いつもの振動が身体を揺する。ナビに入力し、車を発進させる。

なんとなく外の空気を入れたくなって窓を開けたが、空気が冷たすぎて笑ってしまった。

ラジオを消して、白鳥あまねの歌を口ずさむ。

豊水すすきの駅から徒歩五分の『くま弁』。

そこでは、店主夫婦と、雪緒と、その愛車が働いている。

本書は書き下ろしです。
この作品はフィクションです。実在の人物、団体等とは一切関係ありません。

弁《べん》当《とう》屋《や》さんのおもてなし

しあわせ宅配篇《たくはいへん》

喜《き》多《た》みどり

令和2年 8月25日　初版発行
令和5年 12月15日　8版発行

発行者●山下直久

発行●株式会社KADOKAWA
〒102-8177　東京都千代田区富士見2-13-3
電話　0570-002-301(ナビダイヤル)

角川文庫 22294

印刷所●株式会社KADOKAWA
製本所●株式会社KADOKAWA

表紙画●和田三造

●お問い合わせ
https://www.kadokawa.co.jp/（「お問い合わせ」へお進みください）
※内容によっては、お答えできない場合があります。
※サポートは日本国内のみとさせていただきます。
※Japanese text only

ISBN 978-4-04-109866-0　C0193

◆◇◇

角川文庫発刊に際して

角川源義

第二次世界大戦の敗北は、軍事力の敗北であった以上に、私たちの若い文化力の敗退であった。私たちの文化が戦争に対して如何に無力であり、単なるあだ花に過ぎなかったかを、私たちは身を以て体験し痛感した。西洋近代文化の摂取にとって、明治以後八十年の歳月は決して短かすぎたとは言えない。にもかかわらず、近代文化の伝統を確立し、自由な批判と柔軟な良識に富む文化層として自らを形成することに私たちは失敗して来た。そしてこれは、各層への文化の普及滲透を任務とする出版人の責任でもあった。

一九四五年以来、私たちは再び振出しに戻り、第一歩から踏み出すことを余儀なくされた。これは大きな不幸ではあるが、反面、これまでの混沌・未熟・歪曲の中にあった我が国の文化に秩序と確たる基礎を齎らすためには絶好の機会でもある。角川書店は、このような祖国の文化的危機にあたり、微力をも顧みず再建の礎石たるべき抱負と決意とをもって出発したが、ここに創立以来の念願を果すべく角川文庫を発刊する。これまで刊行されたあらゆる全集叢書文庫類の長所と短所とを検討し、古今東西の不朽の典籍を、良心的編集のもとに、廉価に、そして書架にふさわしい美本として、多くのひとびとに提供しようとする。しかし私たちは徒らに百科全書的な知識のジレッタントを作ることを目的とせず、あくまで祖国の文化に秩序と再建への道を示し、この文庫を角川書店の栄ある事業として、今後永久に継続発展せしめ、学芸と教養との殿堂として大成せんことを期したい。多くの読書子の愛情ある忠言と支持とによって、この希望と抱負とを完遂せしめられんことを願う。

一九四九年五月三日

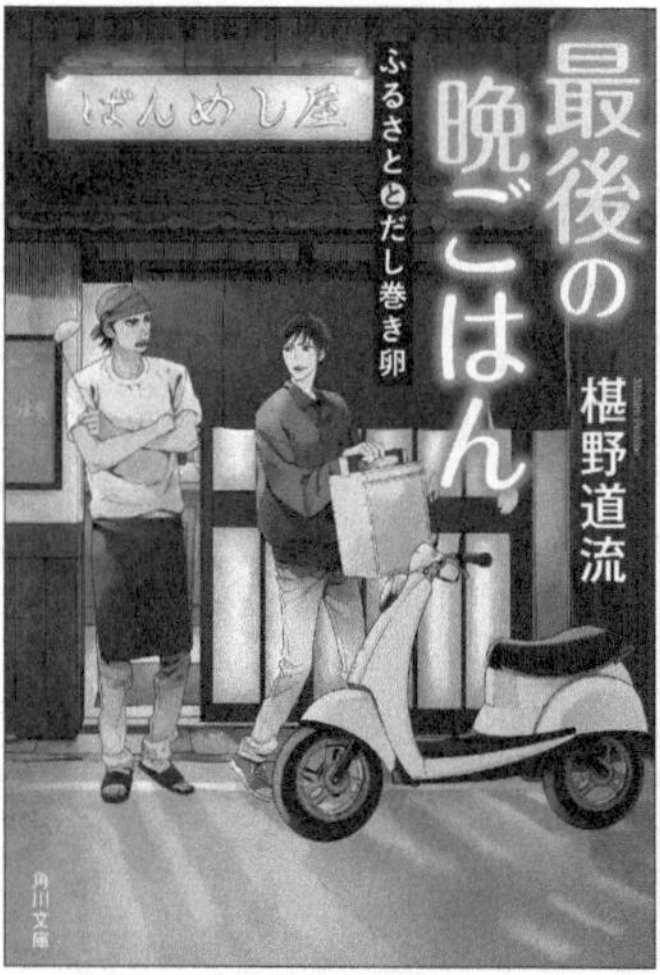

最後の晩ごはん

ふるさととだし巻き卵

椹野道流

泣いて笑って癒される、小さな店の物語

若手イケメン俳優の五十嵐《いがらし》海里《かいり》は、ねつ造スキャンダルで活動休止に追い込まれてしまう。全てを失い、郷里の神戸に戻るが、家族の助けも借りられず……。行くあてもなく絶望する中、彼は定食屋の夏神《なつがみ》留二《りゅうじ》に拾われる。夏神の定食屋「ばんめし屋」は、夜に開店し、始発が走る頃に閉店する不思議な店。そこで働くことになった海里だが、とんでもない客が現れて……。幽霊すらも常連客!?　美味しく切なくほっこりと、「ばんめし屋」開店！

ISBN 978-4-04-102056-2

ビストロ三軒亭の謎めく晩餐

斎藤千輪

ラストにほろりと涙するミステリー

三軒茶屋にある小さなビストロには、お決まりのメニューが存在しない。好みや希望をギャルソンに伝えると、名探偵ポアロ好きの若きオーナーシェフ・伊勢が、その人だけのコースを作ってくれるオーダーメイドのレストランだ。個性豊かな先輩ギャルソンたちに気後れしつつも、初めて接客した元舞台役者の隆一。だが担当した女性客は、謎を秘めた奇妙な人物であった……。美味しい料理と謎に満ちた、癒やしのグルメミステリー。

角川文庫のキャラクター文芸

ISBN 978-4-04-107391-9

作ってあげたい小江戸ごはん
たぬき食堂、はじめました！

高橋由太

あなただけの〈元気になる定食〉作ります！

川越の外れにある昔ながらの定食屋「たぬき食堂」。ちょっと頼りない青年店主の大地《だいち》と、古風な喋り方の看板娘・たまきが切り盛りするこの店は、お客さん一人ひとりに合わせた特別料理“小江戸ごはん”を出すという。〈食べれば悩みが解決する〉、そんな評判を聞きつけて、地元のイケメン僧侶兄弟やバツイチパパなど、家族のモヤモヤを抱える人が今日も食堂にやって来て……。ふふっと笑えて心も体も軽くなる、ほっこり定食屋さん物語。

角川文庫のキャラクター文芸

ISBN 978-4-04-108827-2

ISBN 978-4-04-105497-0